Helene Hübener

Nur treu

Zwei Erzählungen

Verlag der Francke-Buchhandlung GmbH
Marburg an der Lahn

CIP-Kurztitelaufnahme der Deutschen Bibliothek:

Hübener, Helene:
Nur treu : 2 Erzählungen / Helene Hübener. Marburg an d. Lahn :
Francke, 1986.
(Edition C : H, Heimatlicht ; Nr. 30)
ISBN 3-88224-486-0
NE: Edition C / H

3550 Marburg an der Lahn
Umschlaggestaltung: Gudrun Wagner
Satz: Typo Schröder, Dernbach/Dierdorf
Edition C, Nr. H 30
Gesamtherstellung:
St.-Johannis-Druckerei C. Schweickhardt,
7630 Lahr-Dinglingen
Printed in Germany 22345/1986

Inhalt

Nur treu

1 Am Silvesterabend

Es war Silvester. Ein scharfer Nordostwind heulte und trieb den Schnee, der die Tage vorher in ergiebiger Menge gefallen war, hier und da zu hohen Schanzen zusammen. In den Städten, auf den gepflasterten Straßen ließ sich wohl noch fortkommen, aber wehe denen, die auf offener Landstraße waren, denen der Sturm den Schnee ins Gesicht blies und den Weg verdunkelte. Es mochte 4 Uhr nachmittags sein, da wanderten zwei Kinder, ein Knabe und ein Mädchen, in den Straßen der Vorstadt S. Sie schienen an Wind und Wetter gewöhnt, sonst hätten sie's wohl nimmer ausgehalten am heutigen Tage. Ihre Kräfte waren auch erschöpft, denn sie standen still und schnappten nach Luft. Da kam der Wind und riß dem Mädchen das dünne Kopftüchlein weg, so daß die schwarzen Haare wild umherflatterten. »Halte meinen Korb«, rief sie dem Knaben zu, und schnell wie der Wind lief sie dem Tüchlein nach, bis sie's erfaßte, schüttelte den Schnee ab, strich die lockigen Haare hinter die Ohren und band die Hülle mit festem Knoten. Dann nahm sie ihren Korb und sagte zu dem vor Kälte zitternden Knaben: »Mache schnell, daß wir vorwärts kommen, vielleicht bekommen wir in einem der Häuser etwas geschenkt, oder läßt uns eine Köchin in die Küche an den warmen Herd, in den Küchen der Reichen riecht es immer so gut.«

»Wir wollen doch lieber gleich nach Hause«, sagte der Knabe, »mich friert so sehr.«

»Zu Hause müssen wir noch mehr frieren; meine Mutter hat keine Kohlen mehr, und bei euch ist es gerade so. Komm nur, wir wollen sehen, ob wir nicht noch etwas verkaufen.« – Die Kinder wohlhabender Eltern saßen daheim in warmen, behaglichen Zimmern, sie spielten mit ihren Weihnachtssachen oder lasen aus schönen Büchern; die wenigsten dachten an arme Kinder, die im Sturm und Schnee draußen umherirrten. In einem der ersten Häuser der Stadt, es war ein kleines, feines Haus mit einem Vorgarten, da gab's keine Kinder. Es war so still und ruhig, als ob niemand darinnen wohnte. Aber jetzt wurde eine Lampe angezündet und in demselben Augenblick standen unsere beiden Kleinen vor der Haustür. »Heute gehen wir hinein«, sagte das Mädchen, worauf der Knabe erwiderte: »Anne, geh du zuerst, ich bleibe an der Tür stehen, wenn's etwas gibt, so rufe mich.« Die beherzte Anna ging, eine helle Glocke ertönte, sie winkte dem Knaben schnell hereinzukommen und schloß die Tür. Dann klopfte sie. Es wurde sofort geöffnet. Ein schönes, helles, warmes Zimmer zeigte sich den Blicken des kleinen schwarzäugigen Mädchens, aber ein strenger Blick traf sie aus den Augen der großen Dame, die ärgerlich rief: »Schon wieder Bettelkinder, es soll nicht gebettelt werden, marsch nach Hause.«

Die Kleine hatte schnell ihrem Korb ein Stückchen Seife und ein Päckchen Streichhölzer entnommen. »Ich bettle auch nicht, beste Dame, bitte, kaufen Sie mir etwas ab, mich friert so sehr, wir sind schon lange umhergewandert, es ist so kalt.« »In diesem Wetter!« rief die Dame, und ein Zug von Mitleid glitt über ihr Gesicht. Sie sah die blaugefrorenen Hände des Kindes, das dünne Röckchen, die leichte Fußbekleidung. »Ich kaufe nie von hausierenden Kindern, heute will ich es ausnahmsweise tun«, mit diesen Worten nahm sie die Seife und die Streichhölzer und ließ eine Silbermünze in des Kindes Hand gleiten.

»Nun müssen Sie ihm auch noch etwas abkaufen, beste

Dame, er steht hinter der Tür und hat Wichse zu verkaufen; er bekommt Schläge, wenn er nicht genug Geld nach Hause bringt. Komm doch«, rief sie und holte den Knaben am Arm herein, »die gute Dame kauft dir auch etwas ab.« Der schmächtige, blasse Knabe mit den blauen Rändern unter den Augen und den vor Kälte zitternden Gliedern stand vor der Dame und hielt ihr mit flehender Gebärde eine Wichseschachtel unter die Augen. Sie nahm sie und gab dem Knaben ebenfalls eine Geldmünze. Da sah sie die sehnsüchtigen Blicke der Kinder nach der auf dem Ofen stehenden Kaffeekanne gerichtet. »Ich muß euch wohl etwas Warmes geben, bleibt aber hier auf der Decke stehen und rührt euch nicht, das Zimmer ist heute gescheuert, Schmutz will ich nicht haben.« Sie standen beide ganz still, die Dame mit den Augen verfolgend. Dieselbe ging an den Ofen, holte die Kaffeekanne und einen Topf heißer Milch heraus, entnahm dem Schrank zwei Becher, goß Kaffee und Milch zusammen, für jedes der Kinder eine gleiche Portion, und reichte es ihnen mit den Worten: »Da trinkt, daß ihr warm werdet.« Mit sichtlichem Wohlbehagen tranken die Kinder und aßen das ihnen gereichte Brot dazu. »Wir danken vielmals«, sagte wieder das Mädchen, während der Knabe nur durch Blicke seinen Dank kund geben konnte. »Es ist gut, Kinder«, sprach die Dame, »nun eilt, daß ihr nach Hause kommt und laßt euch bei solchem Wetter nicht wieder von den Eltern fortschicken. Macht mir die Haustüre fest zu, daß kein Schnee hereindringt.« Die Kinder gingen, und Frau Brok, so hieß die Dame, sah sich unruhig im Zimmer um. »Ich dachte es mir wohl, daß mir die Gesellschaft meine schöne Stube schmutzig treten würde; um die Strohmatte herum ist alles voll Schneewasser.« Sie hob die Decke auf, ging damit in die Küche, brachte ein Tuch und wischte und putzte an dem Fußboden herum, bis die gewünschte Sauberkeit wieder hergestellt war. Frau Brok war eine äußerst pünktliche Frau; es ging ihr über alles, ihre Wohnung nett und blank zu haben. Das Putzen und Scheuern nahm ihr ganzes Sein und Denken oft nur zu sehr in Anspruch.

So, nun war alles wieder, wie sie es haben wollte. Sie trat ans Fenster und ließ die Rolläden herunter, zog die dicken, dunklen Vorhänge dicht zu, nahm die Strickerei, setzte sich in die gemütliche Sofaecke, rückte die Lampe näher, um besser sehen zu können, und begann eifrig zu stricken. Wie gut hatte sie es doch im Vergleich zu den armen Kindern, die nun noch in den Straßen umherirrten, um den Rest ihrer Waren zu verkaufen. Es war ganz still um sie her, nur das eintönige Ticken der großen Uhr ließ sich vernehmen und von Zeit zu Zeit hörte man in der Ferne das Heulen des Windes. Das Jahr ging zur Neige; für Frau Brok war es still und gleichmäßig dahingeflossen. Seit sie Witwe war und ihre einzige Tochter ihr gestorben, hatte sie ein zurückgezogenes Leben geführt. Einige befreundete Familien gab es in der Stadt, mit denen sie zusammenkam, aber am liebsten war sie zu Hause in ihrem Reich, besorgte mit Hilfe einer Frau, die am Morgen einige Stunden kam, ihren kleinen Hausstand und fand ihre größte Freude daran, wenn alles um sie her blitzte und funkelte. Niemand hatte glänzendere Türklinken und Schlösser als Frau Brok, die Knöpfe von den Ofentüren schienen von lauterem Golde zu sein, das Zinngeschirr in der Küche glitzerte silbern, die Fußböden waren weiß gescheuert – aber es gab manche Sorgen für sie, die andere Leute nicht kannten. Bei Regen und Schneewetter war sie in beständiger Aufregung, wenn es an der Haustür klingelte; sie ängstigte sich schon im voraus vor allem, was da kommen konnte, um sich den sauberen Fußböden feindselig entgegenzustellen. Sie war gebeten worden, den heutigen Abend im Freundeskreis zu verbringen, war aber durch das

Scheuern und Putzen so ermüdet, daß sie vorzog, zu Hause zu bleiben; man konnte es ihr nicht verdenken, daß sie lieber in den wohl durchwärmten Räumen blieb, statt sich in dem Schneewetter hinauszubegeben. Hätte sie aber gewußt, was ihr noch bevorstand, sie wäre doch vielleicht in den Mantel geschlüpft, hätte sich die Kapuze über die Ohren gezogen, hätte ihr Reich zugeschlossen, um es am Abend wohl verwahrt wiederzufinden.

Es war gegen 8 Uhr, da hörte sie die Hoftüre öffnen. Sie beachtete es nicht weiter, da sie glaubte, es sei ihre Wirtin, welche oben wohnte und meistens die Hintertür zu ihrem Ausgang benutzte. Doch nun hörte sie deutlich Tritte in ihrer Küche, nun klang es wie ein Kichern und Flüstern, was konnte da sein? Sie ging durch die Eßstube und lauschte an der Tür, welche von da direkt in die Küche führte. Weibliche Stimmen schienen es zu sein. Mit einem Mut, der ihr in solchen Augenblicken eigen war, öffnete sie die Tür und sah in ein paar frische, lachende Mädchengesichter. »Tantchen, erschrick nicht, wir sind's«, sagte die eine mit schlauem Lachen und hielt sich die eben angezündete, blitzende Küchenlampe vors Gesicht. »Warum ließest du uns sitzen«, warf die andere ein, »nun kommen wir zu dir, Silvester zu feiern.« »In diesem Wetter«, sagte Frau Brok nicht eben sehr erfreut, und warf einen unruhigen Blick nach den Füßen der Eindringlinge. »Keine Sorge, liebe Tante, die Füße sind tadellos«, riefen die jungen Mädchen, »wir haben die Überschuhe vor der Haustür stehen lassen. Die Eltern kommen gleich nach, auch hinten herum. Wir dachten gleich, es möchte dir lieber sein, wenn wir nicht mit unseren Schneeschuhen ins vordere Zimmer kämen.«

»Das ganze Haus ist heute morgen gründlich gereinigt, die Fußböden gescheuert, ich dachte nicht an Besuch in diesem Wetter.«

Die jungen Mädchen überhörten diese Äußerung, oder wollten sie nicht hören. Eine trug einen Korb mit Pfannkuchen, die zweite wickelte eine Flasche Punschessenz aus und rief: »Nun bitten wir um weiter nichts als um einen Teekessel heißen Wassers.«

Frau Broks Augen glitten unruhig zu dem funkelnden Teekessel, sie hätte ihn so gern unangetastet gelassen, wenigstens bis morgen. Doch schon hatte Meta, die ältere, Feuer angezündet und Olga hatte Wasser in den Kessel gefüllt, was wollte die Tante machen! Sie mußte sich ergeben. »Haust mir nur nicht so arg in der Küche«, sagte sie mit Ergebung, »bedenkt daß es Mühe kostet, alles wieder blank zu machen.« »Jetzt kommen die Eltern«, riefen die Mädchen. Ja, da standen sie schon vor der Küchentür und mit den Worten: »Ist's erlaubt, wir haben beide saubere Füße«, trat Herr Werter mit seiner Frau in die Tür. »Überrumpelt, liebe Frau Brok«, rief Herr Werter vergnügt, »das kommt davon, wenn man sich gänzlich abschließt. Nun machen wir uns bei Ihnen einen fröhlichen Abend.« Frau Brok mußte gute Miene zum bösen Spiel machen. Im innersten Herzen freute sie sich, daß sie nicht ganz einsam den Silvesterabend zu verleben brauchte. Sie ließ die jungen Mädchen gewähren, und als sie später alle fröhlich vereint um den großen runden Tisch saßen, wurde geplaudert, gescherzt und gelacht, es wurde von Metas Hochzeit gesprochen, die im Laufe des kommenden Jahres gefeiert werden sollte. Aber auch manches ernste Wort gab's: man gedachte der alten Zeiten, des gemeinsam erlebten Leides, als Frau Broks Gatte, der treue Freund des Herrn Werter, auf dem Krankenlager lag und nach langem Leiden erlöst wurde. Die beiden, Herr Werter und Herr Brok, hatten ein kaufmännisches Geschäft innegehabt, das nicht nur beide Familien ernährte, sondern ihnen Wohlstand verlieh. Als Frau Broks Tochter ihrem Vater in die

Ewigkeit folgte, da wurde das Leben der Mutter sehr einsam. Wenn nicht diese treuen Freunde immer wieder gekommen und nicht müde geworden wären, Frau Brok immer von neuem aufzufordern zu ihnen zu kommen, sie hätte sich am liebsten ganz eingesponnen. Schon jetzt lag die Gefahr nahe, daß sie nur sich und ihren Neigungen lebte, daß sie ihr Haus, ihre Zimmer, ihre Möbel und was sie sonst besaß, zum Mittelpunkt ihrer Gedanken, ihrer Sorgen und Freuden machte.

Wie kam es nur, daß sich heute immer wieder die frierenden Kindergestalten in ihre Gedanken drängten! Immer wieder sah sie sie auf der Decke eng aneinander geschmiegt stehen, ihre bittenden Blicke zu ihr erhoben. Aber sie hatte ja das ihrige getan, hatte ihnen nicht nur die Ware abgekauft, sondern ihnen auch etwas Warmes gereicht, mehr war nicht zu verlangen, es würde das nicht jeder getan haben. Und dennoch hatte sie das Gefühl, als sei bei ihr nicht alles, wie es sein sollte, als fehle noch etwas. Als sie später, nachdem die Freunde sich verabschiedet hatten, nach der alten Postille griff, um vor dem Scheiden des Jahres eine Silvesterbetrachtung zu lesen, da gab ihr das Gleichnis vom Feigenbaum viel zu denken. Wenn nun Gott der Herr käme und suchte bei ihr nach, was würde er finden? Sie rechnete alles zusammen, womit sie meinte, Gott gedient zu haben, aber das war eigentlich recht wenig. Sie wollte eine gottesfürchtige Frau sein, am Sterbebett ihres Mannes war sie inne geworden, daß das Wesen dieser Welt vergeht; da hatte sie gelobt, fortan nach dem ewigen Leben zu trachten. Und doch gab es so viel, was sie gefangen hielt. Es sollte im neuen Jahre manches anders werden, und sollten diese armen Kinder ihr noch einmal begegnen, so wollte sie freundlicher mit ihnen reden als heute und ihnen wieder etwas Gutes tun. Ja, das wollte sie. Mit diesem beruhigenden Gedanken legte sie sich schlafen und schlummerte ins neue Jahr hinüber.

2 Unerwarteter Besuch

Die Kinder hatten sich nicht wieder blicken lassen. Monate waren vergangen, der schöne Frühling hatte den strengen Winter vertrieben. Eine Reihe sonniger, warmer Tage waren aufeinander gefolgt, aber heute schien der April sein neckisches Spiel zu treiben: Regenschauer wechselten mit Sonnenschein, kaum freute man sich des blauen Himmels, so jagten wieder düstere Wolken herbei, und eh man sich's versah, kam ein Regenguß von durchdringender Art. Frau Brok hatte gerade den Sonnenschein genutzt, um sich an ihren Blumenbeeten im Vorgarten zu erfreuen. Wie sauber und zierlich waren sie hergerichtet; hier blüten die Krokusse in verschiedenen Farben, auf einem anderen Beet gab es Tulpen und Hyazinthen in üppiger Fülle, und im Gebüsch versteckt lugten die kleinen Veilchen aus den dunkelgrünen Blättern hervor. Zu diesen bückte sich Frau Brok, um ein Sträußchen davon zu pflücken, sie liebte den Veilchenduft in den Zimmern. Nun hatte sie genug; sie spürte auch Regentropfen und ging ins Haus. In der vorderen Stube stand schon eine Schale mit Wasser gefüllt, da hinein setzte sie die Blümchen. Während sie sie ordnete, gedachte sie einer alten Jugendfreundin, an welche sie immer denken mußte, wenn sie Veilchen sah, weil sie die Lieblingsblumen ihrer Elisabeth waren. Schon als Kind war sie in der Frühlingszeit gekommen und hatte gerufen: »Hedwig, laß uns Veilchen suchen«, dann waren sie in den großen Grasgarten des Vaters gegangen und hatten Schürzen voll Veilchen gepflückt. Wo war sie geblieben, die fröhliche, selige Kinderzeit! Warum nur war sie mit ihrer Elisabeth so auseinander gekommen? Sie hatten sich so lieb gehabt als Kinder, als Jugendfreundinnen. Dann hatten sie sich beide verheiratet.

Elisabeth war ihrem Mann in die Ferne gefolgt, er hatte sich irgendwo in Posen angekauft, und seitdem war der Briefwechsel eingeschlafen. Frau Brok hatte seit vielen Jahren nichts wieder von der Freundin gehört, aber vergessen hatte sie sie nicht. Wenn es still und einsam um sie war, zogen die alten Erinnerungen an ihrer Seele vorüber. Sie setzte die Veilchen ans Fenster und blieb eine Weile sinnend davor stehen. O, welch ein Regenguß war das wieder, wie rannten die Leute auf der Straße, daß sie ins Trockene kamen! Was krabbelte denn dort am Gitter ihres Gartens herum? Nun wurde die Pforte geöffnet. »Hier wohnt sie«, rief das kleine, dunkeläugige Mädchen, das wir noch kennen. Sie winkte dem Jungen, der ihr wie ein Schatten folgte, und ehe Frau Brok es hindern konnte, kamen sie mit ihren schmutzigen Füßchen ins Haus. Frau Brok war wirklich ärgerlich. »Seid ihr schon wieder da«, rief sie ihnen aus der Tür zu. »Heute wird nichts gekauft, marsch!«

»Beste Dame, wir waren lange nicht da; als wir das letzte Mal hier waren, schneite es, und nun blühen schon die Tulpen.«

»Nein, nun regnet es, ihr kommt nur, wenn ihr schmutzige Füße habt, um mir das Haus zu verunglimpfen.« »Nein, darum kommen wir ganz gewiß nicht.« »Warum denn?« »Weil wir dachten, Ihre Seife wäre alle und die Streichhölzer –« »Glaubt ihr, daß ich nicht anderswo Seife bekomme? Nein, heute wird nichts gekauft. Es ist überhaupt nicht hübsch, daß ihr euch so herumtreibt und nicht in die Schule geht, ich werde euch anzeigen.« »Wir gehen morgens in die Schule, nachmittags haben wir keine, da müssen wir verdienen«, sagte das kleine Mädchen mit so kläglichem Gesicht, daß wieder etwas wie Mitleid durch das Herz der Frau zog. Sie musterte die Kinder und blickte erschrocken auf ihre Füße. Daß die Kleider befleckt und zerrissen waren, war schlimm genug, aber sie paßten wenigstens; die Schuhe aber waren viel zu groß für die kleinen Füße, der Junge hatte abgeschnittene Pelzgaloschen an, die überall eingerissen waren, während das kleine Mädchen in großen zerlumpten Damenschuhen einherschlürfte, die ihr beim Gehen gewiß immer von den Füßen glitten. »Wie seht ihr aus, Kinder«, rief Frau Brok, die so etwas noch nie gesehen hatte, »wie könnt ihr in solchen Schuhen einhergehen, schämt euch.« Die beiden Kinder sahen sich an und kicherten. »Wir haben keine andern, sie geben uns keine, und zum Barfußlaufen ist's noch zu kalt.« »Das ist ja schrecklich«, sagte Frau Brok, die Hände zusammenschlagend. »Laßt diese Lumpen an der Tür stehen und kommt mit mir in die Küche, ich habe vielleicht passende Schuhe für euch.« Mit Leichtigkeit schlüpften die Kinder aus den großen zerrissenen Ungetümen, aber die durchlöcherten Strümpfe, die nun sichtbar wurden, erregten fast noch mehr das Entsetzen der an peinliche Ordnung gewöhnten Frau Brok. Die Kinder sahen sich wieder an und kicherten, und eines sprach leise zum andern: »Ob sie uns wohl wieder heißen Kaffee gibt?« Es war leise gesprochen, aber die feinen Ohren der Frau Brok hörten es doch. Plötzlich erinnerte sie sich des Silvesterabends und ihrer guten Vorsätze. Sie hatte ja freundlich mit den Kindern reden wollen, und nun hatte sie weiter nichts getan als gescholten. »Ich will sehen, ob noch etwas Kaffee da ist, setzt euch da auf die Küchenbank.« Frau Brok brachte wieder die bekannten Becher mit Kaffee und reichte ihnen eine Schnitte Brot dazu.

Dann ging sie hinaus und kam bald darauf mit zwei Paar alten, aber noch gut erhaltenen Sachen zurück. Sie waren von der verstorbenen Tochter; bis jetzt hatte Frau Brok alles sorgfältig aufgehoben, was an sie erinnerte, aber hier war es doch Pflicht, helfend einzugreifen. Sie befahl den Kindern die Schuhe anzuziehen; mit glänzenden Gesichtern standen sie davor, rührten sich aber nicht. Der Junge flüsterte nur das Wort: »Pfingsten.« »Nun?« sagte Frau Brok. »Die Schuhe sind zu schön«, sagte das kleine Mädchen, »die dürfen wir jetzt nicht anziehen, wir heben sie zu Pfingsten auf.« »Nein, die zieht ihr gleich an, durch die anderen läuft das Regenwasser und durch die Löcher der Strümpfe erst recht, dann werdet ihr krank.« »Ja, er hat immer Husten«, bestätigte das kleine Mädchen. »Sag doch nicht immer **er**, nenne ihn bei seinem Namen«, sagte Frau Brok, »du heißt Anna, das habe ich schon gehört und er?« »Er heißt Franz«, sagte Anna. »Ist er dein Bruder?« »Ja, er ist mein Bruder, oder auch nicht, ich weiß es nicht.« »Wohnt ihr denn in einem Hause, habt ihr dieselben Eltern?« »Nein, er hat andere.« »Nun, dann ist er auch nicht dein Bruder; – wo wohnt ihr überhaupt?« »Ganz weit fort, am andern Ende der Stadt, dahinten in den krummen Gassen.« »Dort!« sagte Frau Brok. Das war der ärmste Stadtteil, es wohnten viele Fabrikarbeiter da, aber auch viel loses Gesindel. »Wie heißt die Straße, in welcher eure Eltern wohnen?« »Die Pfeiffergasse Nr. 8«, erwiderte Anna, die immer das Wort führte. Frau Brok notierte es sich, während die Kinder die Schuhe anpassen mußten. »Seht ihr, sie passen«, sagte Frau Brok mit großer Befriedigung, »nun bittet eure Mutter, daß sie euch ein paar ordentliche Strümpfe strickt, oder wenigstens die Löcher zustopft.« »Das tut sie nicht«, sagte Anna mit felsenfester Überzeugung. »Geht jetzt«, mahnte Frau Brok, »und nehmt mir das alte Schuhwerk aus dem Hause fort, hier habt ihr einen Bogen Papier, wickelt es hinein.« Die Kinder taten wie ihnen geheißen und während sie beim Einwickeln waren, ging Frau Brok in die Stube zurück, um den Abzug der Kinder vom Fenster zu beobachten. Es währte ziemlich lange, bis sie kamen. Jetzt sprangen sie lustig die

Stufen hinunter, und eben wollten sie die Gartentüre öffnen, da ertönte die Stimme der Wirtin im Hause. »Die gottlose Bande«, rief sie aus der Haustür. »Gleich kommt ihr zurück; glaubt ihr, daß ich den Unfug nicht gesehen, den ihr begangen? Ist das der Dank dafür, daß die Dame so freundlich war?« Betreten kamen die Kinder zurück, doch langsam und zögernd. Auf Frau Broks Befragen, was vorgegangen, behauptete die Wirtin, sie habe deutlich gehört, daß die Kinder harte Gegenstände die Kellertreppe hinuntergeworfen hätten, das komme davon, wenn man solch Gesindel an sich ziehe, das müsse man fortjagen, sobald es sich blicken ließe. Frau Brok stellte nun ein scharfes Examen an, was die Kinder getan, plötzlich ging ihr ein Licht auf. Sie hatten die alten Schuhe in den Keller spediert, um sie nicht tragen zu müssen. Sie gestanden es denn auch sofort ein und schlichen die Kellertreppe hinunter, um die unaussprechlich schrecklichen Dinger wieder ans Tageslicht zu fördern. Sie kamen sehr unglücklich wieder herauf und Anna sagte heulend, das Papier sei zerrissen, sie möchte die Schuhe nicht tragen, so daß Frau Brok die Wirtin bat, den Kindern zu erlauben, den ganzen Plunder auf den Kehrichthaufen zu werfen, was denn auch grollend zugestanden wurde. Nun wurden die kleinen Missetäter mit ernsten Ermahnungen entlassen, und die Ruhe des Hauses war wieder hergestellt.

Konnte Frau Brok die Kinder das erste Mal nicht vergessen, so das zweite Mal noch weniger. Sie interessierten sie, ohne daß sie es wollte, und die Not der Kinder erbarmte sie. Sie beschloß, die angegebene Wohnung gelegentlich aufzusuchen und die Eltern kennenzulernen. Sie hatte sich wenig mit armen Leuten befaßt; sie gab ihre jährlichen Beiträge, damit meinte sie genug getan zu haben. Nun war es ein anderes; die Not der Armut war ihr handgreiflich nahe gebracht, eine innere Stimme mahnte sie, die Gelegenheit,

Gutes zu tun, nicht unbenützt vorübergehen zu lassen. Wie, wenn sie für jedes der Kinder ein Paar Strümpfe strickte? Das Stricken war ihr eine liebe Arbeit, und wenn es solchen Zweck erfüllte, von doppeltem Wert. Sie schauderte, wenn sie an die Löcher dachte, sie tat sich selber etwas zugute, wenn sie für ordentliche Strümpfe und Schuhe sorgte.

Nach etwa 14 Tagen waren die Strümpfe fertig. Sie wikkelte sie ein und begab sich damit auf den Weg. Es war ein warmer, schöner Maitag, viel lieber hätte Frau Brok einen Spaziergang ins Freie gemacht und hätte sich des frischen Grüns an den Bäumen und Sträuchern erfreut, aber sie hatte sich nun einmal vorgenommen, etwas Außergewöhnliches zu tun, und was sie sich vornahm, das führte sie aus. Ziemlich ermüdet kam sie in den Stadtteil, wo die krummen Gassen lagen. Sie führten ihren Namen mit Recht, krumm und winkelig waren sie mit holprigem Pflaster, mit baufälligen Häusern, die meistens ungeputzte Fenster und schmutzige Haustüren hatten. Es kostete Frau Brok große Überwindung, weiter zu gehen, sie wäre lieber wieder umgekehrt – da sah sie einen Jungen mit einem Kind auf dem Arm in der Haustür stehen. Das war ja der blasse Franz. Er schien sie auch zu kennen und zog sich verlegen mit dem Kinde in den dunklen Hausflur zurück. Sie ging ihm nach. »Franz, ich habe dir ein Paar Strümpfe gestrickt, sage deiner Mutter, daß sie sie in Ordnung hält.« Mit diesen Worten legte sie die Strümpfe über seine Schultern und sagte freundlich: »Ist das dein Bruder?« »Ja, wir haben Zwillinge, der eine schläft –.« »Franz«, schrie eine kreischende Stimme vom Hofe her, »Thete wacht, warum paßt du nicht auf!« Flüchtigen Fußes eilte der blasse Junge mit dem Kleinen auf dem Arm über den Hof in das düstere Hintergebäude und entschwand Frau Broks Blicken. Sie hatte nicht Lust, ihm zu folgen, es war ja schon genug, daß sie ihm die Strümpfe gegeben, vielleicht konnte sie später noch einmal etwas für ihn tun.

Wo nun aber das Mädchen finden? ›Nr. 8‹ stand in ihrem Notizbuch, das war gerade gegenüber. Hu, wie sah es dort aus! Fensterscheiben mit Papier verklebt, überall Schmutz und Unordnung, es graute ihr vorzudringen. Sie wartete einen Augenblick an der Tür, hoffend, das kleine, schwarzäugige Mädchen werde sich auch, wie der Knabe, ihren Blicken zeigen. Da hörte sie ein klägliches Weinen, das aus der Stube rechts zu kommen schien. Sie öffnete die alte, wacklige, in allen Fugen krachende Tür und sah in ein düsteres Gemach, das alles Elend der Armut aufdeckte. Ein widerlicher Geruch schlug ihr entgegen, es mußte Branntwein sein; auf dem Fußboden spielten schmutzige Kinder, Kisten und Kasten standen herum, als sollte es einen Umzug geben. In der Ecke aber, auf dem Bett, lag ein Mann, der seinen Rausch ausschlief. In der andern Ecke saß, ganz zusammengeduckt, ein unbestimmtes Etwas; hätte es sich nicht gerührt und wäre nicht das Schluchzen daher gekommen, man hätte es für ein Bündel Lumpen halten können. Frau Brok ging näher, da drehte sich ein schwarzer Kopf um und das tränenüberströmte Gesicht der kleinen Anna wurde sichtbar. Sie stutzte gewaltig, als sie die große Erscheinung vor sich sah, aber auf einmal streckte sie die Arme gegen die Dame aus und rief in leidenschaftlichem Ton: »Beste Dame, nehmen Sie mich mit, sie ist so schlecht gegen mich.« »Was hat man dir getan, du armes Kind?« fragte Frau Brok. »Sie hat mich geschlagen, weil ich die Flasche zerbrach, aber ich konnte nichts dafür, ich stolperte auf den Stufen und fiel, und die Flasche flog mir aus der Hand. O, mein Rücken, mein Rücken, sie hat einen so dicken Stock.« Frau Brok, welche mit dem Rücken gegen die Tür stand, hatte das Eintreten des struppigen Weibes nicht bemerkt; erst als dieses sagte: »Marsch, aus der Ecke, du

Unhold!« gewahrte sie die Person. Die Kleine flüchtete angstvoll nach dem Fenster und kauerte sich dort nieder, während Frau Brok entrüstet sagte: »Sie dürfen Ihre Kinder nicht so schlecht behandeln, Sie sind ja eine Rabenmutter.« »Rabenmutter«, höhnte das Weib, »wenn ich überhaupt die Mutter des Balges bin. Sie können sie gerne mitnehmen und großziehen; ich habe keine Lust, mich mit dem Ding weiter zu plagen. Das kommt davon, wenn man sich anderer Leute Kinder annimmt.« Auf Frau Broks Befragen, wessen Kind die Kleine sei, erzählte das schmutzige Weib eine lange Geschichte von einer armen Base, die als Witwe früher mit ihr in einem Hause gelebt. Sie habe sie, als sie krank geworden, ohne Lohn verpflegt, und auf dem Sterbebett habe sie ihr ihre beiden Kinder ans Herz gelegt; sie habe auch versprochen, für sie zu sorgen, wenn sie ihr die kleine Summe Geldes, die sie auf der Sparkasse hatte, hinterließe. Das sei aber weniger gewesen, als sie gedacht, das Geld sei längst alle. Der Junge, Franz, sei von den Nachbarn angenommen, die haben viele Kinder, darunter Zwillinge, sie können ihn gut gebrauchen beim Kinderwarten; aber sie könne die Anna gar nicht mehr gebrauchen, das Ding sei so ungeschickt und unverschämt obendrein, wenn man ihr etwas sage; sie wolle Gott danken, wenn sie sie los wäre, sie habe genug Plage. »Der da vertrinkt, was er verdient, und ich muß mich abarbeiten für die Familie.« Dabei fing sie an zu weinen, aber sie roch auch nach Branntwein, und Frau Brok überlief es kalt in dieser Umgebung. Doch der Gedanke, Anna mitzunehmen, lag ihr ganz fern, das wäre ja rein unmöglich, was sollte sie mit diesem kleinen Schmutzfink in ihren hellen, blanken Stuben! »Ich habe für die Kleine ein paar Strümpfe gestrickt«, sagte sie; aber, indem sie sie hervorzog, kam es ihr wie Hohn vor, in dieser Behausung ein Paar gut gestrickte Strümpfe niederzulegen. Es hätte so viel bedurft, um an Kindern und Wohnung Ordnung herzustellen, daß ein Paar Strümpfe wie ein Tropfen, der sich im Meer verliert, anzusehen waren. »Strümpfe?«, sagte die Frau spöttisch, »Jetzt haben wir Mai, da braucht sie keine Strümpfe mehr.« Die schmutzigen Kinder auf der Erde zankten und schlugen sich und erhoben ein Geschrei. Die Frau fuhr wütend dazwischen, und während sie nach den Kindern schlug, ließ sich ein Brummen in einer Ecke vernehmen, und die Mannesgestalt richtete sich auf. Frau Brok benutzte diesen Augenblick, um sich zu entfernen. Sie atmete tief auf, als sie die Tür hinter sich hatte und eilte, aus diesem Stadtteil zu kommen, der des Erquicklichen so wenig bot.

Da sie beim Nachhausewege die Straße, in welcher ihre uns schon bekannten Freunde Werter wohnten, berühren mußte, so beschloß sie, einen kleinen Besuch dort abzustatten. Sie wurde wie immer aufs herzlichste willkommen geheißen, die Töchter des Hauses wollten ihr den Hut und das Tuch abnehmen und erklärten, sie dürfe nicht gleich wieder fort. Sie mußte sich Metas Aussteuer ansehen und dann mit in den Garten kommen und sehen, wie dort alles wachse und sprieße. Frau Brok würde die Einladung, bei den Freunden zu bleiben, zu anderer Zeit gerne angenommen haben, aber die eben erhaltenen Eindrücke beschäftigten sie so, daß sie es ablehnte mit dem Versprechen, in den nächsten Tagen wieder zu kommen. Die Töchter des Hauses begleiteten sie bis in die Vorstadt, dann kehrten sie um, während Frau Brok ihrem hübschen Heim zueilte. Wie gut hatte sie es, sie dankte Gott, daß sie nicht verurteilt war, in solchen Räumen zu wohnen, wie sie sie diesen Mittag kennengelernt hatte. Als sie sich ihrem Hause näherte, bemerkte sie Frau Baum, ihre Wirtin. Sie stand in der offenen Haustür und sah sehr rot und erregt aus. Frau Brok sah an ihren Mienen, daß etwas vorgefallen war. Als sie Frau Broks ansichtig wurde, winkte sie mit der Hand, als ob diese sich beeilen müßte. »Nun, Frau Baum, was gibt es, ich war wohl zu lange aus?« »Ja, lange, Frau Brok, denn eben ist das Weib auf und davon und hier ist die Bescherung.« Mit diesen Worten zeigte sie auf ein kleines Wesen, das sich hinter sie verkrochen hatte. Wer beschreibt das Erstaunen der Frau Brok, als sie die kleine Anna erblickte, die mit einem roten Bündel unter dem Arm dastand, die tränenschweren Augen zu ihr erhoben. »Ja«, fuhr Frau Baum fort, »gegen mich wurde das Weib grob, als ich sagte, sie solle das Kind wieder mitnehmen. Sie behauptete, Sie seien bei ihr gewesen, und es sei mit Ihnen verabredet, daß das Kind heute abend gebracht würde. Sie wollen es behalten und für seine Erziehung sorgen.« »Ich?« sagte Frau Brok in maßlosem Erstaunen, »ich hätte gesagt –?« »Ich habe mir gleich gedacht, daß es eine Lüge ist, aber – ich bin sonst nicht auf den Mund gefallen – gegen diese Person kam ich nicht an. Eh ich mich's versah, war sie fort, rechts um die Ecke herum, und die Kleine stand da und rührte sich nicht. Lauf doch mit, sagte ich, hier kannst du nicht bleiben; sie schüttelte mit dem Kopf und weinte und wich nicht von der Stelle.«

Die dunklen Augen der Kleinen richteten sich bald auf die Sprecherin, bald auf Frau Brok, als erwartete sie von letzterer den entscheidenden Urteilsspruch. Diese war in äußerster Bedrängnis. Sie konnte doch unmöglich diesen kleinen Schmutzfink mit den wirren Haaren, dem unsauberen Gesicht, dem befleckten zerrissenen Röckchen mit in ihre Zimmer nehmen. Ja, wenn es für etliche Minuten gewesen wäre, wie damals – aber ganz dabehalten, sie die Nacht in einem ihrer schönen Betten schlafen lassen – das schien ihr ein Ding der Unmöglichkeit. Sie stand unbeweglich da, plötzlich kam ihr ein rettender Gedanke. »Frau Baum«, rief sie, »erweisen Sie mir eine Liebe, rufen Sie mir die Sattlern, wollen Sie?« »Das will ich wohl«, sagte die gefällige Wirtin, »aber was die zur nachtschlafenden Zeit hier soll, weiß ich auch nicht.« Sie warf noch einen Blick auf Frau Brok und das Kind und ging mit Kopfschütteln aus der Tür. Nun waren die beiden allein. »Kind, sag mir nur, warum kommst du immer wieder zu mir, es gibt doch so viel andere Häuser in der Stadt, es sind so viel andere Menschen da, warum muß ich dich immer wieder hier sehen?« Die Kleine schwieg, erst als Frau Brok ihre Frage dringlich wiederholte, flüsterte sie: »Weil meine Mutter es wollte, und weil Sie so gut sind.« Frau Brok mußte lächeln, wer hört nicht gern etwas Angenehmes? Es war, als ob der Unmut, der sich ihrer ob dieser Zumutung bemächtigt hatte, sich allmählich legte, die Antwort des Kindes entwaffnete sie, sie konnte nicht länger zürnen. Seufzend zog sie ihre Schlüssel heraus, schloß die schöne Wohnung auf und nahm das Kind herein. Sie ging mit ihr in die Küche, hieß sie auf der Bank Platz nehmen und dort ruhig warten, bis sie wiederkomme. Dann ging sie in das vordere Zimmer, warf sich in einen Lehnstuhl und schien mit sich zu kämpfen. »Frau Sattler wird Rat wissen«, sagte sie endlich. »Diese Nacht muß ich das Kind behalten, ich kann es unmöglich in der Dunkelheit nach Hause schicken, aber morgen wird es jedenfalls zurückexpediert, ich will mir nicht ohne weiteres Bettelkinder aufdrängen lassen.« Nun kam jemand. Das war die Wirtin mit Frau Sattler, Frau Broks Aufwärterin. Sie redeten beide eifrig miteinander, dann trennten sie sich, Frau Baum, die von der Sache nichts weiter wissen wollte, ging die Treppe hinauf, in ihre Behausung. Frau Sattler ging in die Küche. »Wo ist denn das Kind?« rief sie. »Du liebe Zeit, da sitzt das kleine Lamm auf der Küchenbank und ist eingeschlafen!« »Guten Abend, Frau Brok, was ist denn hier vorgefallen? Das geht ja über

Ihre Kräfte! Ich hätte nur hier sein sollen, ich hätte der Frau schon Bescheid tun wollen.« »Was soll ich machen, Frau Sattler?« »Jetzt können Sie weiter nichts tun, als das arme Kind behalten. Neben Ihrer Schlafstube ist die Kammer, worin ein Bett steht. Da hinein legen Sie die Kleine und lassen sie schlafen bis zum nächsten Morgen, dann bringen wir sie den Eltern wieder.« »Sie hat keine Eltern, es ist ein Waisenkind.« »Nun, dann hat es Pflegeeltern, die verpflichtet sind, für das Kind zu sorgen.« »Das wollen wir morgen überlegen«, sagte Frau Brok plötzlich mit der ihr eigenen Energie, »heute wollen wir nur das Nötigste besorgen. Frau Sattler, zünden Sie unter dem Herd Feuer an und setzen Sie den großen Kessel mit Wasser auf. Dann holen Sie die Badewanne aus dem Waschhaus, die Kleine muß gebadet werden.« »O, liebe Zeit, noch heute Abend«, rief Frau Sattler, nicht eben sehr erfreut. »Na, ich konnte es mir gleich denken«, brummte sie vor sich hin, »es müßte ja nicht Frau Brok sein. Du armes Lamm, was werden sie mit dir noch alles anstellen.« Unter diesen Worten schickte sie sich an, ihrer Herrin Befehle auszurichten. Bald loderte ein mächtiges Feuer in der Küche, dann ging sie und holte mit größtem Geräusch die Wanne.

Sie rumpelte eben damit in die Küche, als die Kleine aus ihrem Schlummer erwachte und mit großen Augen um sich sah. Angstvoll stierte sie das Feuer an, noch angstvoller die fremde Frau mit der großen Wanne; sie schien zu ahnen, daß dies alles in einem Zusammenhang mit ihr stehe. Leise glitt sie von der Küchenbank und floh in den äußersten Winkel der Küche. Die Alte, welche es bemerkte, rief: »Ich tu dir nichts, mein Lamm, brauchst dich nicht zu fürchten, komm nur ruhig her.« Diese mit freundlichem Ton gesprochenen Worte flößten der Kleinen Zutrauen ein, sie kam aus ihrem Schlupfwinkel und sagte leise: »Ich habe den ganzen Tag nichts gegessen, gibt mir die schöne Dame nichts?« »Das will ich besorgen, mein Kind«, erwiderte Frau Sattler und holte dem Kinde eine große Schnitte Brot, die sie mit Heißhunger verzehrte. »Soll ich hierin schlafen?« fragte sie dann zutraulich und zeigte auf die große Wanne. »Nein, darin wirst du blank gemacht, und jetzt kommt Frau Brok, nun wird's gleich losgehen.« Frau Brok kam mit alten Bettüberzügen, die sie herausgesucht, und gab der Frau die Anweisung, das Bett in der Kammer herzurichten. Als das geschehen, mußte das Kind sich seiner Lumpen entledigen und eh es sich's versah, hatte Frau Sattler es ergriffen und in die Wanne gesteckt. Als es darin war, gab es kein Sträuben, die Alte kannte ihr Handwerk aus dem Fundament. Das Reinmachen war ihre Wonne. Es war ihr gleich, ob sie Menschen oder Sachen unter ihren Händen hatte, geseift und gerieben wurde, daß es eine Art hatte. Anna versuchte ein paarmal zu schreien, aber die Alte hatte eine solche Gewandtheit, ihr dann den Mund mit ihrer großen knochigen Hand zuzuhalten, daß sie allen Widerstand aufgab, Augen und Mund fest zusammenpreßte und alles über sich ergehen ließ. Frau Brok stand als höchste Instanz daneben und flüsterte von Zeit zu Zeit: »Frau Sattler, seifen Sie nur den Kopf, mir ist so bange.« »Frau Sattler, hinter den Ohren ist es noch nicht wie es sein soll«, oder: »Vergessen Sie die Füße nicht.« »Seien Sie nur ganz ruhig, Frau Brok, was ich schmutzig unter die Hände bekomme, das kommt blitzblank wieder heraus, das Kind soll glänzen, wenn es aus der Wanne kommt. So, nun dächte ich, wär's genug, jetzt geben Sie mir das Tuch zum Abreiben.« Frau Brok hatte alles bereit, auch Wäsche von der verstorbenen Tochter, die freilich etwas zu groß war, aber doch reinlich. Nun wurde das Kind in die Kammer gebracht, und kaum war es einige Minuten im Bett, so lag es in festem Schlaf, der durch nichts zu erschüttern war. Die Alte hatte noch lange in der Küche zu tun, bevor alles wieder in der gehörigen Verfassung war.

Dann gab ihr Frau Brok den Auftrag, morgen aus einem Laden einen einfachen, fertigen Anzug für die Kleine zu besorgen, »denn«, meinte sie, »ordentlich will ich das Kind wieder abgeben, behalten kann ich sie nicht, das paßt nicht in meine Verhältnisse.« »Nein, nein, das wollte ich Ihnen verdenken, Sie haben ein so ruhiges, schönes Leben, was wollen Sie sich mit anderer Leute Kinder plagen. Ich will die Kleine morgen schon zurückbringen und den Leuten ordentlich die Wahrheit sagen. Ja, das will ich.« »Und die alten Sachen, Frau Sattler?« »Darum sorgen Sie sich nicht, Frau Brok, die habe ich alle in ein Bündel zusammengebunden und nehme sie mit. Und nun gute Nacht, Frau Brok, regen Sie sich nur nicht mehr auf, gehen Sie bald zu Bett und schlafen Sie Ihren Schreck aus, morgen Abend ist alles wieder, wie's gestern war.« Mit diesen beruhigenden Worten verließ Frau Sattler das Haus.

3 Schwerer Anfang

Die Alte hatte gut reden: Frau Brok sollte sich nicht aufregen. Das war leichter gesagt als getan. Wer jahrelang in ungestörter Ruhe gelebt hat, nur mit sich und seinen Sachen beschäftigt, der sollte nicht durch solch ein Ereignis, wie es der heutige Tag mit sich gebracht, aus dem Gleichgewicht kommen? »Warum bist du gerade zu mir gekommen?« Diese Frage und die darauf folgende Antwort: »Weil Sie so gut sind«, wollten Frau Brok nicht aus dem Sinn. Das Zutrauen des Kindes zu ihrer Güte bewegte ihr Herz; sie fragte sich immer wieder: »Bin ich denn wirklich so gut?« konnte aber kaum mit gutem Gewissen diese Frage bejahend beantworten. Wie viele Menschen gab es in der Stadt, die sich viel mehr der Armen erbarmten; sie hatte heute zum erstenmal eine Stätte des Elends betreten und war ganz erschüttert davon. War es gut, daß sie sich vorgenommen, nie wieder ihren Fuß in diesen Stadtteil zu setzen? War es gut, daß sie entschlossen war, das Kind morgen mit Frau Sattler in das Elend zurückzuschicken? Am Ende wäre es besser, sie behielt die Kleine ganz. Nun, da sie gereinigt war, brauchte sie ja ihrer Räume wegen nicht in beständiger Unruhe zu sein. Sie mußte sie sich daraufhin einmal ansehen. Sie nahm ein Licht und ging in die Kammer, wo Anna in festem Schlaf lag. War das dasselbe Kind? Das schwarze lockige Haar umrahmte ein niedliches kleines Gesicht, das frisch gewaschen mit den vom Schlaf geröteten Wangen und der leicht gebräunten Farbe durchaus hübsch zu nennen war. Jetzt umspielte ein Lächeln den kleinen Mund, holde Träume umfingen das Kind nach den schrecklichen Ereignissen des Tages. Der Gedanke, das kleine Wesen immer um sich zu haben, hatte bei Weitem nicht mehr das Abschreckende wie am Anfang. Konnte sie sich nicht für spätere Jahre eine treue Dienerin an ihr erziehen? Aber dazwischen lag noch viel. Was würden die Freunde dazu sagen? So gingen die Gedanken hin und her, und lange währte es, bevor sie in dieser Nacht Ruhe fand.

Am andern Morgen war sie bei guter Zeit auf, sie wollte, bevor das Kind erwachte, noch ein Röckchen anfertigen; und ein Kleid brachte Frau Sattler mit. Die Kleine schien gar nicht erwachen zu wollen; die zu Hause empfangenen Schläge, das Weinen und Schluchzen, dann der weite Gang mit der Mutter, die Ungewißheit ihres Loses, das kräftige Bad, alles hatte die Müdigkeit der Kleinen so gesteigert, daß der Schlaf sie wie in Fesseln hielt; dazu kam das prächtige, weiche Bett, das sie nie gehabt hatte, wie wohl mochte es sich darin ruhen! Es war ja auch gut, daß sie noch schlief; Frau Sattler kam eben angekeucht mit einem Paket unter dem Arm, welches die neuen Sachen enthielt. Der Kaufmann hatte verschiedenes zur Auswahl geschickt, es wurde alles besichtigt und einer gehörigen Prüfung unterworfen. Endlich war die Wahl getroffen, und nun begaben sich die beiden Frauen, die sich sonst mit Eifer dem Ordnen der Zimmer hingaben, in das Kämmerlein, um das kleine lebende Wesen zu schmücken. Das kleine Mädchen wachte nun und sah sich mit ihren dunklen Augen verwundert in der Kammer um. Dann betrachtete sie die langen weißen Ärmel ihres Gewandes, streichelte liebkosend ihr weißes Bettchen und schien großes Wohlbehagen in und um sich zu fühlen. »Nun heraus, kleine Anna, die Sonne scheint schon lange«, rief Frau Sattler. Schüchtern erhob sich das kleine Mädchen und bekleidete sich mit den schönen Sachen, wobei beide Frauen hilfreiche Hand leisteten.

»Gar nicht wieder zu erkennen«, rief Frau Sattler, Frau Brok aber sah mit Wohlgefallen auf das kleine niedliche

Mädchen in dem ordentlichen dunklen Kleid, in den von ihr gestrickten Strümpfen und den netten Schuhen, die sie ihr damals geschenkt. Beides hatte Anna in dem kleinen roten Bündel am Abend zuvor mitgebracht. Sie sah nun ganz wohlgefällig an sich herunter und das erste, was sie sagte, war: »Er wird mich gar nicht kennen, wenn er mich sieht; bekommt er auch neue Sachen?« »Nein, mein Kind«, sagte Frau Brok, »alle Kinder kann ich nicht neu kleiden, vielleicht schenke ich dem Franz später einmal etwas. So, nun sollst du noch ein großes Butterbrot und eine Tasse Milch haben, dann gehst du mit Frau Sattler wieder zu deiner Mutter zurück.« Da begann Anna heftig zu werden. »O beste Dame«, schluchzte sie, »sie ist ja gar nicht meine Mutter. Sie hat mir gestern gesagt, ich solle nicht zurückkommen, sie hätte kein Brot mehr für mich. Ich will auch immer auf der Decke bleiben, oder auf der Küchenbank, lassen Sie mich doch hier.« Frau Brok war überwunden. Sie war entschlossen, das Kind jetzt nicht fortzuschicken, wohl aber Frau Sattler gehen zu lassen und nähere Erkundigungen über die Verhältnisse der Leute einzuziehen.

Lange währte es, bis die Alte zurückkam. Endlich hörte sie ihre Tritte. Sie gebot dem Kinde in die Kammer zu gehen, ein Mädchen ihres Alters müsse sein Bett selber zu machen verstehen; dann rief sie Frau Sattler in ihr Zimmer. »Na, Frau Brok, das sieht gut aus«, begann die Alte, »das Kind werden Sie nicht wieder los, denn – die sauberen Herrschaften sind fort. Heute in aller Frühe sind sie ausgerückt, ohne Miete zu bezahlen; die Wirtin erzählte mir, die Leute hätten schon lange von Wegzug gesprochen; sie wollten an einen anderen Ort, wo der Mann mehr zu verdienen hoffte, aber daß sie heimlich davongehen würden, habe sie auch nicht gedacht. Sie sagt, es sei ein wahres Glück, wenn die kleine Anna in andere Hände käme; das Kind sei nicht schlecht, aber gänzlich verwildert durch das Herumlaufen und Hausieren. Gestern habe sie die Frau sagen hören, die Anna habe sie nun los, es sei eine vornehme Dame dagewesen, die wolle sie annehmen. Sehen Sie, so hat das Weib gelogen; das kommt davon, wenn man einmal seinem guten Herzen folgt und den Leuten etwas zugute tun will. Nein, Frau Brok, daß das nun gerade Sie treffen muß, Sie sind so ruhig und gleichmütig und können es gar nicht vertragen, wenn Ihnen etwas verdorben wird, und das Kind wird Ihnen viel verderben.« »Ich werde sie schon zu erziehen wissen«, antwortete Frau Brok auf die lange Rede der Alten, »sie ist nun einmal hier, und wir müssen sehen, was wir aus ihr machen können.« Die gute Alte seufzte. »Meinetwegen kann sie gerne hier bleiben«, meinte sie, »mir ist es nur Ihretwegen, für das kleine Lamm ist es so am besten.« »Wir wollen sehen, ob sie ihre Kammer in Ordnung gebracht hat«, sagte Frau Brok. »Sie hat mir erzählt, daß sie daheim alle Betten gemacht habe.« »Da sind wohl nicht viel Betten zu machen gewesen«, versetzte die Alte und folgte Frau Brok in die Kammer. Sie hörten, daß Anna sich laut mit jemand unterhielt. Als sie die Tür öffneten, – wer beschreibt das Erstaunen der Frau Brok, da lag der dicke, schwarze Kater der Wirtin in dem weißen Bettchen, schönstens zugedeckt. Er schnurrte ganz vergnüglich, während Anna neben ihm stand, ihn streichelte und ihm die schönsten Schmeichelnamen gab. »Na, dies fängt gut an«, lachte Frau Sattler, Frau Brok aber sagte streng: »Ungehorsames Kind, was habe ich dir gesagt? Katzen dulde ich nie in meinen Räumen, das merke dir; wenn du so anfängst, dann verläßt du mein Haus sofort wieder, du mußt tun, was ich sagte, sonst...« – Sie drohte mit dem Finger, der Kater sprang sofort aus dem Bett, er kannte diese Handbewegung, und Anna wich scheu zurück vor dem strengen Blick der großen Dame. Diese trug nun Frau Sattler auf, der Kleinen genau zu zeigen, wie sie ihre Kammer zu reinigen habe, und begab sich in ihr Zimmer, um nachzuholen, was den Morgen über versäumt war. Sie seufzte. Viele neue Pflichten warteten ihrer, das fühlte sie. Frau Brok war eine pflichttreue Frau; es gab manches, was sie nicht gern tat, wozu sie nur das Pflichtgefühl trieb. Sie wollte nun gern ein gutes Werk vollbringen, ein großes, gutes Werk; das Kind war ihr, ohne daß sie es wollte, ins Haus gelaufen, sie hielt es für ihre Pflicht, es zu behalten. Das »aus freier Liebe um des Herrn willen« war ihr noch verborgen. Sie nahm sich vor, die Kleine gut, aber streng zu erziehen, sie sollte einmal eine Stütze für sie werden und konnte ihr dann vergelten, was sie an ihr getan. Vorderhand galt es nun, die äußeren Angelegenheiten zu ordnen. Von rechtswegen fielen die armen Kinder, deren Eltern Heimatrechte in der Stadt gehabt, derselben zu, die Stadt mußte für ihre Erziehung sorgen. Sie beschloß, Herrn Werter zu bitten, die geschäftlichen Angelegenheiten für sie zu besorgen.

Die Kleine hatte unterdes unter Frau Sattlers Anleitung die Kammer fegen müssen, wobei die Alte ihr anempfahl, ja recht die Ecken und unter dem Bett zu fegen, Frau Brok sehe jedes Stäubchen, und wenn nicht alles sehr schön gemacht würde, so zürne sie. Anna zeigte sich anstellig und gewandt, nur sollte alles in großer Eile vollbracht werden. Ehe Frau Sattler sich's versah, war die kleine Person unter das Bett gekrochen und fegte mit dem kleinen Handbesen wacker herum; nun huschte sie in die andere Ecke und wollte das Manöver unter dem Waschtisch wiederholen, plötzlich richtete sie sich im Amtseifer auf und stieß mit dem Kopf gegen den Tisch. Die Waschkanne stürzte herab und lag in vielen Scherben auf der Erde. »Kind, Kind«, rief die erschrockene Alte, »wie kannst du nur! So etwas ist in Jahren nicht bei uns passiert. Scherben kann Frau Brok gar nicht sehen, o weh, o weh, was machen wir nun?« Schnell hatte die Kleine die Scherben in ihre Schürze gesammelt und bevor die Sattler es hindern konnte, war sie ans offene Fenster geeilt und – krach – warf sie die Stücke hinaus.

»Dies fehlt gerade noch«, rief eine scheltende Stimme vom Hofe her. »Was geht hier überhaupt seit gestern vor, die Ruhe des Hauses ist gänzlich dahin. Ich habe meine Wohnung nicht an Bettelvolk vermietet, nur an eine Dame ohne Kinder.« »Nur stille, Frau Baum, beruhigen Sie sich doch, es wird alles noch anders. Das Kind ist aus dem wilden Viertel, Sie sollen sehen, in vier Wochen ist das alles anders. Freuen Sie sich doch, daß es noch barmherzige Leute gibt, die sich armer, verlassener Waisen annehmen.« Frau Baum brummte noch vor sich hin, während Frau Sattler Anna bei der Hand nahm, mit ihr auf den Hof ging und ihr den Kehrichthaufen zeigte, wohin sie die Scherben zu tragen habe. Als Frau Baum die Kleine sah, schlug sie die Hände über dem Kopf zusammen und rief verwundert: »Du meine Güte, ist das dasselbe Kind von gestern, die sieht ja ganz verändert aus. Ne, ne, was man erleben muß.« »Ja, sehen Sie, liebe Frau Baum, das ist erst der äußere Mensch, der läßt sich schnell verwandeln, aber das Inwendige geht schwerer. Das wird unsere Frau Brok aber alles zurecht bringen. Sie wissen, was sie anfängt, das bringt sie auch zu Ende.« »Aber wird sie sie in ihre schönen Stuben lassen?« »Sie wird sie sich schon ziehen«, antwortete Frau Sattler, während Anna, die ihre Scherben besorgt und die letzten Worte gehört hatte, bescheiden hinzufügte: »In der Staatsstube bleibe ich nur auf dem Teppich stehen.« Diese Äußerung gefiel der Wirtin, sie strich ihr die krausen Locken aus dem Gesicht und sagte: »Na, wenn du versprichst, immer recht folgsam und artig zu sein, dann behalte ich dich vielleicht in meinem Hause.« Anna sah sie verwundert an, als verstehe sie nicht recht, wie noch jemand, außer Frau Brok, etwas in diese Sache hineinzureden habe.

»Nun, mein Kind«, sagte Frau Sattler, nachdem Frau Baum sich entfernt hatte, »wird erst gebeichtet. Bekenne es der Frau Brok, daß du die Waschkanne zerbrochen hast.« »Wir sagen, der Kater hat's getan, dann zürnt sie nicht«, bat Anna. »Was! Du willst eine Unwahrheit sagen?« rief die Alte in gerechtem Zorn. »Weißt du nicht, daß unser Herrgott dich augenblicklich strafen kann, wenn du eine Lüge sagst; damit kommst du hier nicht durch.« Vom lieben Gott hatte Anna wenig gehört, sie wußte nur, daß er im Himmel wohne und auf alle Menschen herabsehen könne; das hatte sie einmal in der Schule gehört, aber im letzten Jahr hatten die Pflegeeltern sie wenig in die Schule geschickt, so war sie noch sehr unwissend in allen Dingen. Frau Sattler war eine energische alte Frau; sie hatte Anna beim Arm ergriffen und bevor sich diese besinnen konnte, stand sie schon mit ihr vor Frau Brok.

Sie erleichterte ihr die Sache sehr, indem sie Frau Brok selbst das Unglück berichtete und für die ungeschickte Kleine bat. »Das darf nie wieder geschehen«, sagte Frau Brok wieder mit dem ernsten Ton, der dem Kinde gewaltigen Respekt einflößte; »in meiner Wirtschaft wird nie etwas zerbrochen, das merke dir. Und nun komm her, setze dich an den Tisch, ich habe eine Arbeit für dich.« Sie schüttete einen Topf mit Linsen auf ein großes Stück Papier und zeigte Anna, wie sie die guten von den schlechten lesen solle, und wie sie acht haben solle, daß keine zur Erde falle. So war das Kind bis Mittag beschäftigt, und Frau Brok konnte endlich mit Frau Sattler die andern gewohnten Arbeiten aufnehmen.

Am Nachmittag rüstete sich Frau Brok zu ihrem Gang zu Werters. Sollte sie das Kind mitnehmen? Nein, das ging nicht, Anna mußte von vornherein daran gewöhnt werden, artig zu Hause zu bleiben. Es handelte sich ja auch heute nur um eine halbe Stunde, so lange konnte sie im Eßzimmer warten und sich die Zeit mit Bilderansehen vertreiben. Sie suchte mehrere Bilderbücher heraus und gab sie Anna, deren Augen bei diesem Schatz leuchteten. Die Kleine versprach, artig zu sein, bis Frau Brok von ihrem Gang in die Stadt zurückkäme. Es währte etwas länger als Frau Brok geglaubt hatte. Die Bilderbücher waren schon zum zweitenmal durchgeblättert, und Anna sah ziemlich gelangweilt aus dem Fenster der Eßstube, das nach dem Hof hinausging. Sie wollte gern einmal auf die Straße schauen. Das konnte nur geschehen aus den Fenstern der Staatsstube. Schon war sie an der Tür, doch diese war verschlossen; sie konnte wohl einmal einen Blick zur Haustür hinaus tun. Schnell schlüpfte sie auf den Hausflur und fand die Tür nur angelehnt. Sie öffnete ein wenig und lugte mit dem Gesichtchen hinaus. Da stand ja Franz, wie er leibte und lebte, und schaute sehnsüchtig zu den Fenstern hinauf. »Franz, hier, hier bin ich; ich darf nicht hinaus, komm du doch zu mir!« In zwei Sätzen war der Junge bei ihr. »Komm in die Stube, ich zeige dir schöne Bilder, die sollst du einmal sehen.« Das ließ sich der Junge nicht zweimal sagen. Jetzt waren sie beide im Zimmer, und nun betrachtete Franz die Anna von oben bis unten. »O, Anna«, sagte er mit unverhohlenem Erstaunen, »wie bist du schön geworden; ich hätte dich nimmer erkannt, wenn du mich nicht mit deiner Stimme gerufen hättest. Anna, wie bist du schön!« – »Wie schade, daß ich mich nicht selbst sehen kann, ich habe schon immer an mir heruntergeblickt, aber ich weiß doch nicht, wie ich aussehe.« »Du kannst dich aber ganz genau sehen, wenn du nur willst. Da drinnen«, er zeigte auf die Staatsstube, »ist ja ein großer Spiegel, den hab' ich gesehen, als wir damals drin waren, darin kannst du dich schauen, wie du bist.« »Ich möchte wohl, aber die Stube ist verschlossen.« »Der Schlüssel steckt ja«, rief Franz, drehte um und klinkte die Tür auf. Da lag die Staatsstube vor den Augen der Kinder und zwischen den beiden Fenstern hing der große Spiegel. Anna lief schnell darauf zu, er war zu hoch. Geschwind holte sie einen der schönen Plüschstühle, stieg hinauf und hatte nun den vollen Anblick ihrer kleinen Gestalt. »O, wie schön«, rief auch sie in hellem Erstaunen, »ich hätte nimmer gedacht, daß ich so schön wäre!« »Ich auch nicht«, versetzte Franz treuherzig. »Aber ich kann nicht länger bleiben, ich muß die Zwillinge warten; bitte doch die gute Dame, daß sie mich auch annimmt.« »Ich will's tun, wenn sie nach Hause kommt.«

»Mich hungert«, sagte nun der Franz, sich lüstern umschauend. »O, wir haben viel Brot«, sagte die Kleine, lief an den Eßschrank, holte eine große Semmel heraus und gab sie ihm. »So, nun muß ich gehen«, sagte Franz befriedigt, »begleite mich ein Stück.« »Bis zur Gartenpforte«, war die Antwort, »weiter darf ich nicht.« »Gehst du nicht mehr hausieren?« »Ich weiß nicht, ob sie mich schickt; ich glaube, ich bin nun zu vornehm dazu, aber ich möchte schon gern. Immer in dem schönen Hause zu sitzen, ist langweilig.« »Adieu, Anna, vergiß nicht, die Dame zu bitten, daß sie mich auch holt.« Anna begleitete Franz bis zur Gartentür und kehrte ins Haus zurück. Noch einmal wollte sie sich in dem großen Spiegel sehen, sie sah doch gar zu hübsch aus. Gesagt, getan, der Stuhl stand noch davor; eins, zwei, drei, war sie oben. O ja – – das war sie! Wie wohl die Leute staunen würden, welche sie früher gekannt, wenn sie sie nun sähen!

Jetzt glitt sie wieder hinab, aber o weh, sie war mit ihren Füßen durch den nassen, vom Regen aufgeweichten Garten gegangen und war, ohne sich abzustreichen, auf den hübschen Plüschstuhl gestiegen. Eine Menge häßlicher Flecke waren darauf. Sie nahm die Kehrseite ihres Kleides und wischte daran herum, aber der Schmutz war fest eingetreten, es wurde vom Reiben schlimmer denn besser. Jetzt meinte sie Frau Brok zu hören, schnell erwachte das böse Gewissen, sie huschte, um der Strafe zu entgehen, unter das Sofa, legte sich lang darunter und preßte sich so weit wie möglich gegen die Wand. In dieser Stellung verharrte sie, wartend der Dinge, die da kommen sollten. Frau Brok war noch nicht nach Hause gekommen, Frau Baum, die Wirtin, war nach oben gegangen. Aber nach einer Viertelstunde kam Frau Brok, begleitet von den fröhlichen Töchtern der Freunde. »O Tante, nun zeige uns die Kleine, wir sind zu neugierig, sie zu sehen«, rief Meta. »Wo ist sie?« fragte Olga. »Sie sitzt im Eßzimmer und sieht sich Bilder an«, sagte die nichts ahnende Frau Brok. Ja, das Eßzimmer ist leer, die Bücher liegen durcheinander geworfen auf dem Tisch, die Türen des Eßschrankes sind weit geöffnet, ebenso sieht Frau Brok die Tür nach dem vorderen Zimmer geöffnet. »Das ungehorsame Kind«, rief sie. »Anna, wo bist du?« Nichts war zu sehen und zu hören. »Was ist denn hier vorgegangen. Mein schöner Plüschstuhl bis in die Mitte der Stube gezogen, beschmutzt und befleckt.« »Sie hat sich in dem Spiegel angeschaut«, sagte Meta lächelnd. »Das eitle, kleine Ding«, rief Olga. »Aber wo ist sie nur?« rief Frau Brok erregt, eilte, von Meta gefolgt, in die Küche, ins Schlafzimmer, nirgends war das Kind zu finden.

Olga, die in der vorderen Stube geblieben war, wurde plötzlich durch eigenartige Töne erschreckt. Es klang wie Schnarchen und kam vom Sofa her. Da auf dem Sofa nichts lag, so schaute sie drunter und brach in ein helles Lachen aus. Sie eilte zu den Suchenden und bat sie schnell zu kommen, sie habe die Kleine. Verwundert folgten Tante und Schwester, und waren des Erstaunens voll, als sie Anna schlafend unter dem Sofa entdeckten. Die jungen Mädchen zogen sie hervor und Frau Brok, welche mit Recht ungehalten war, fuhr das erwachende Kind hart an. »Was hast du getan, du ungezogenes Mädchen, ich habe keine Lust, dich zu behalten. Habe ich dir nicht befohlen, im Eßzimmer zu bleiben?« »Er sagte, ich wäre so schön, ich sollte mich im Spiegel beschauen«, schluchzte das Kind. »Er ist auch hier gewesen? Eine schöne Wirtschaft das. Du hast ihm wohl zu essen gegeben?« »Ja, er hatte Hunger, und wir haben ja soviel Brot im Schrank.« »Sie hat schon Gütergemeinschaft mit der Tante gemacht«, lachte Meta. »Du hast nichts wegzugeben, was dir nicht gehört«, sagte Frau Brok ärgerlich. »Jetzt gehst du in die Küche und rührst dich nicht, bis ich dich rufe.« Die Kleine, froh, mit heiler Haut davongekommen zu sein, war im Nu verschwunden. Frau Brok aber stand in ihrer Staatsstube und rang die Hände. »Wie sieht der gereinigte Fußboden aus, wie sieht mein schöner Plüschstuhl aus; das ist mehr als ich vermag, das geht über meine Kräfte.« »Tante, du mußt das Kind nicht wieder allein lassen, bringe sie mit zu uns, sie kann bei uns im Garten spielen, während du uns besuchst. Du mußt nur denken, die Kleine ist ganz unerzogen, in einigen Wochen wird sie es nicht mehr tun. Frau Sattler bringt morgen alles wieder in Ordnung.«

So trösteten die jungen Mädchen. Aber Frau Brok war sehr niedergedrückt durch alle traurigen Erfahrungen des ersten Tages, fast war ihr die ganze Sache leid. Herr Werter hatte ihr auch nicht viel Mut gemacht, er hatte ihr zu bedenken gegeben, daß, wenn sie einmal die Verpflichtung übernommen, sie es auch durchführen müsse, doch wollte er gern die Sache für sie erledigen. Als die jungen Mädchen gegangen, ging sie zu Anna. Diese saß nun still und gehorsam auf der Küchenbank, aber große Tränen rannen über die Wangen. »Ich möchte zu Franz«, sagte sie leise.

»Dort kannst du nicht hin, du sollst hier bleiben, aber tun, was ich dir sage.« »Ich will es tun«, sagte Anna und sah Frau Brok mit den schönen, braunen Augen voll an. »Es muß ganz anders mit dir werden, wenn ich dich lieb haben soll«, sagte Frau Brok seufzend. »Aber ich habe Sie schon lieb«, flüsterte Anna und sah sie mit leuchtenden Augen an. Der Blick bezwang Frau Brok, sie konnte nicht länger zürnen. Sie gab ihr zu essen und schickte sie dann ins Bett, um nach diesem ereignisreichen Tage noch ein wenig Zeit für sich zu haben zur inneren Ruhe und Sammlung.

4 Ein guter Entschluß

Herr Werter hatte bald die Angelegenheit mit der Stadt geordnet, und Anna Mänz war fortan Frau Broks unbestrittenes Eigentum. Eine Woche war seit dem Einzugstage verflossen, schwere acht Tage. Frau Brok hatte sich die Erziehung des Kindes leichter gedacht, es ging nicht wie mit den Möbeln und Bildern, den Töpfen und Tiegeln. Mit denen machte sie, was sie wollte, hier war ein kleines lebendes Wesen, das oft ihren Willen durchkreuzte, das nicht so frisch und sauber blieb, wie es morgens aus ihrer Hand hervorging. Es bedurfte fortwährender Ermahnungen, steten Überwachens, um den kleinen, an Freiheit und Wildheit gewöhnten Vogel ruhig im Käfig zu halten. Die Freunde schüttelten den Kopf über diesen ›Einfall‹, wie sie es nannten. Frau Brok sei eine herzensgute Frau, aber für Kinder passe sie nicht. Die kleine Anna war aber bis jetzt ganz vergnügt, und wenn Frau Brok sie dann und wann mit auf die Straße nahm, schaute sie gar lustig drein. »O, wenn mich jetzt der Franz sähe«, sagte sie zu Frau Brok, als sie zum erstenmal ein neues, rundes Strohhütchen mit rotem Bande aufsetzen durfte. »Wenn er doch auch einen Hut oder eine neue Mütze bekommen könnte!« »Du hast wohl den Franz sehr lieb?« »Ja, wir sind immer zusammen gegangen, darf er nicht auch bei Ihnen bleiben?« Frau Brok antwortete nicht, denn diese Bitte wurde jeden Tag vorgebracht, und sie wollte und konnte nicht darauf hören. Nichtsdestoweniger dachte sie viel darüber nach, wie dem Knaben zu helfen sei. Er machte einen schwächlichen Eindruck; wenn er immer zwei Kinder zu warten hatte und weite Wege machen mußte, so mußten über kurz oder lang die Kräfte unterliegen. Sie hätte ihn gern irgendwo untergebracht, schon deshalb, weil er jeden freien Augenblick benutzte, um vor ihrem Hause zu stehen und sehnsüchtige Blicke nach den Fenstern zu senden, weil er immer versuchte, Anna zu erhaschen, um mit ihr zu plaudern oder sie zu veranlassen, mit ihm zu gehen. Frau Brok trug ihre Sache wieder Herrn Werter vor, der Rat für alles wußte. Er dachte eine Weile nach und rief endlich: »Zwei Meilen von hier in den Bergen liegt eine Erziehungsanstalt für verwahrloste Kinder, vielleicht kann der Herr Pfarrer Rat schaffen, daß der Knabe dort untergebracht wird, sprechen Sie einmal mit dem.«

Frau Brok kannte den Herrn Pfarrer nur wenig, aber die Sache beschäftigte sie unablässig. Sie hatte für eins der Kinder gesorgt, sollte sie nun das zweite im Elend lassen? Sie hatte sich durch Frau Sattler nach dem Knaben erkundigen lassen und erfahren, daß die Leute, bei denen Franz war, sich vom Betteln und Stehlen ernährten, daß der Knabe selbst mitunter zu diesen Dingen angehalten werde. So war es also geboten, ihn aus solcher Umgebung zu reißen, und sie sprach deshalb mit dem Pfarrer ihrer Gemeinde, sie bat ihn, sich des Knaben wegen zu verwenden. Dies geschah, nach kurzer Zeit war seine Aufnahme im Rettungshaus zu Grüntal gesichert. Die Stadt zahlte das Pensionsgeld, Frau Brok sorgte für seine Ausstattung. Anna freute sich, daß Franz es nun auch gut haben würde; aber die Trennung von ihm wollte ihr nicht gefallen. Frau Brok versprach, sie solle ihren Bruder einmal in der Anstalt besuchen, zudem erlaubte sie, daß Franz den letzten Abend bei ihr zubringen sollte. Es machte Schwierigkeiten, den Knaben loszubekommen. So sehr Annas Pflegeeltern sich ihrer zu entledigen suchten, so sehr widersetzten diese Leute sich, den Jungen herauszugeben, dessen Kräfte sie auf die schnödeste Weise auszunutzen trachteten. Sie mußten sich jedoch ergeben, da sie keinen Anspruch an ihn hatten.

Als Franz in dem neuen Anzug, den Frau Brok ihm geschenkt hatte, am letzten Abend vor ihr stand, sagte Anna: »Siehst du, Franz, nun bist du auch so schön wie ich; nun sind wir alle beide schön.« Über Frau Broks Gesicht glitt ein Strahl vollster Befriedigung. Was hatte sie aus beiden Kindern gemacht! Äußerlich waren sie kaum wiederzuerkennen, wie schmuck und sauber sahen sie aus, als sie Hand in Hand vor ihr standen. Der Knabe war zwei Jahre älter als Anna, also zehn, er sah aber schwächlich aus, obwohl er länger war. »In der frischen Luft dort in den Bergen wirst du rote Backen bekommen und wirst recht gesund werden«, sagte sie freundlich zu dem Knaben. »Bekommt er dort viele Schläge?« fragte Anna. »Streng geht es zu, aber wer seine Pflicht tut, bekommt keine Schläge. Seid nur beide recht brav, dann wird's euch wohlgehen.« – Die Kinder durften dann schöne Bilder ansehen, und nach dem Abendbrot mußte der Franz fort. Er sollte die Nacht beim Herrn Pfarrer bleiben, der ihn am andern Morgen selbst nach Grüntal bringen wollte. Die Kinder reichten sich die Hände und sagten sich Lebewohl. Mit dem Hausieren hatte es für immer ein Ende.

Ein ganzes Jahr war vergangen, seit Anna von Frau Brok aufgenommen war. Der erste Reiz, in einem schönen Hause bei einer guten Dame zu wohnen, war dahin, und wenn die Kleine auch noch immer mit großer Verehrung an der schönen Dame hinaufsah und im innersten Herzen Liebe und Dankbarkeit für sie hegte, so fand sie es doch oft recht langweilig und unbequem, mit Frau Brok zu leben. Diese hatte dafür gesorgt, daß Anna eine gute Schule besuchte, sie hielt streng auf regelmäßigen Schulbesuch, streng auf genaue Fertigung der Schulaufgaben. Anna mußte stricken; ach, wie ungern bequemte sie sich dazu. Die Finger waren so krumm und ungeschickt. Lust war nicht vorhanden und doch mußte täglich eine bestimmte Zahl von Nadeln abgestrickt werden. Dann wurde es entweder zu fest oder zu locker, oder es wurden Fehler gemacht und die Arbeit mußte wieder aufgetrennt werden. Da rollte manche Träne über die Wangen, und mancher Seufzer wurde laut ob Frau Broks großer Strenge. Sie konnte sich so wenig in des Kindes Seele versetzen, verstand es nicht, ihm Lust und Liebe zur Sache zu machen. So lag auf beiden oft ein Druck, Frau Brok fühlte zu sehr die Last, die sie sich aufgeladen, hätte sie oft von Herzen gern wieder abgeschüttelt, wäre lieber, wie ehedem, allein gewesen in ihren stillen, schönen Räumen, die oft durch des Kindes Ungeschick verunglimpft wurden, was sie dann ungerecht und böse machen konnte. Die Kleine fühlte sich durch das Alleinsein bedrückt, sie war an Freiheit gewöhnt, an das ungebundene Umherstreifen, an den Verkehr mit fremden Kindern. Besonders fehlte ihr Franz, der Bruder, und im Sommer kam die Sehnsucht nach den gemeinsamen Wanderungen auf den umliegenden Dörfern, das Ausruhen im schattigen, grünen Walde, das Suchen nach Beeren und was der Vergnügungen mehr waren. Gab es auch zu Hause Schläge und Vorwürfe über zu langes Ausbleiben, die Kinder waren daran gewöhnt und freuten sich auf den andern Nachmittag, an dem sie wieder ungehindert mit ihren Körben auf die Dörfer wandern, ihre Waren dort anbieten konnten und außer dem Gelde, was sie dafür in Empfang nahmen, wohl ein Stück Brot mit Speck oder Wurst geschenkt bekamen, das sie draußen teilten und fröhlich verschmausten. Freilich im Winter war es schwer gewesen, und wenn Anna daran zurückdachte, war sie doch froh, im Hause der Frau Brok geborgen zu sein.

Es war Anfang Juni, ein schöner Sommertag mit blauem Himmel und Sonnenschein. Im Hause wurde geputzt und gescheuert, morgen mußte alles blitzen und funkeln, da war Frau Broks Geburtstag, der mit den Freunden gefeiert werden sollte. Frau Sattler arbeitete im Haus herum, auch Anna war angestellt, sie mußte die Türschlösser putzen. »So ist's recht, meine Tochter«, sagte die Alte. »Siehst du, nun lernst du es schon immer besser; wenn du groß bist und ich bin gestorben, mußt du alles allein machen.« »Bin ich dann immer noch bei Frau Brok?« fragte Anna seufzend, und sah sehnsüchtig zum Fenster hinaus in den schönen Sonnenschein. Wenn es doch einmal eine Gelegenheit gäbe, daß sie hinaus könnte in die freie Gotteswelt. Im Garten durfte sie ja täglich sein, aber sie hätte so gern mal der Stadt den Rücken gekehrt!

»Frau Sattler«, begann die Kleine nach einer Weile, »ich möchte Frau Brok gern etwas schenken.« »Du hast ja nichts, mein Kind. Ja, wenn's in der Nähe Vergißmeinnicht gäbe, dann müßtest du der Frau ein Sträußchen holen, es sind ihre Lieblingsblumen.« Da blitzte es im Gesicht der Kleinen auf wie helle Freude, sie sagte aber nichts. Als sie mit ihrer Arbeit fertig war, huschte sie, ohne sich zu besinnen, zur Gartenpforte hinaus, gelangte ungesehen ins Freie und leicht wie ein Vogel, der dem Käfig entronnen, lief sie querfeldein, immer weiter und weiter, bis sie an die Wiesen kam, wo das wohlbekannte Bächlein floß, das an seinem Rande der Blümlein gar viele barg. Frau Brok, die vielbeschäftigte, hatte die Abwesenheit des Kindes nicht bemerkt; erst als Frau Sattler nach Hause ging, vermißte sie Anna. Als sie nach langem Suchen und Rufen nicht erschien, wurde sie sehr ärgerlich und ging ihren Hut zu holen, um bei den Nachbarn nach ihr zu fragen. Sie wußte nicht, daß das kleine Mädchen, ganz erhitzt vom Laufen, schon hinter der Laube kauerte, aus ihrer Schürze einen großen Strauß frischer Vergißmeinnicht hervorzog und ihn sorgfältig unter die großen, grünen Blätter steckte. Dann begab sie sich ins Haus, unbekümmert um ihr Aussehen, fröhlich, der Frau Brok auch etwas schenken zu können, was sie gern hatte. Die Dame wollte eben das Haus verlassen, um sie zu suchen.

»Unartiges Kind, wo bist du gewesen«, rief sie erzürnt. »Wie siehst du aus, die Haare zerzaust, die Schürze schmutzig, keinen Hut auf, schäme dich. Ein gutes Jahr bist du bei mir und noch hast du nicht gelernt, dich in acht zu nehmen. Wann wirst du anfangen mir Freude zu machen?« Das Kind begann zu weinen, sagte aber nichts und wurde zur Strafe zu Bett geschickt. Am andern Morgen freilich, als Frau Brok ihr Schlafstubenfenster öffnete und auf dem Sims die frischen, duftigen Vergißmeinnicht fand, welche Anna in aller Frühe dorthin gelegt, da war es ihr leid, daß sie so heftig gewesen. Ein warmes Gefühl der Liebe, wie sie es bisher gegen dies Kind nicht gekannt, zog durch ihr Herz, sie streichelte die Kleine und sagte ihr freundlich, daß sie ein anderes Mal sich Erlaubnis holen müsse zu einem Spaziergang, aber nicht so davonlaufen dürfe. Sie teilte ihr dann mit, daß sie eine große Freude für sie in Aussicht habe, vorausgesetzt, daß sie folgsam und fleißig sein würde. Anna war sehr neugierig, was es sein könnte, bis ihr Frau Brok eines Tages eröffnete, sie habe einen Wagen bestellt, und wenn am Freitag schönes Wetter sei, wolle sie mit ihr nach Grüntal fahren, um Franz zu besuchen. Frau Brok hatte sich von Zeit zu Zeit bei dem Herrn Pfarrer nach dem Ergehen des Knaben erkundigt und hatte nur Gutes erfahren. Franz sei zwar schwächlich, hatte der Vorsteher der Anstalt geschrieben, aber ein Knabe, der gut zu leiten sei; er hoffe, mit Gottes Hilfe einen braven Menschen aus ihm zu machen. Frau Brok, die in Erfahrung gebracht, daß auch Mädchen in einem von der Knabenanstalt getrennten Hause aufgenommen würden, hatte halb und halb bedauert, daß sie Anna nicht auch dort untergebracht hatte, es wäre vielleicht besser für das Kind gewesen. Vielleicht ließ es sich noch ausführen, doch wollte sie erst prüfen, dann handeln. Ihr selbst sagte sie natürlich nichts davon. Anna war überglücklich, in einer Kutsche ausfahren zu sollen, sie hatte nie in einem Wagen gesessen. Die Nacht zuvor schlief sie wenig, sie glaubte immer den Wagen zu hören. Am Morgen war sie früh auf und stand lange harrend an der Haustür. Jetzt kam er herangerasselt, nun saßen sie beide drin, die Pferde zogen an und hinaus ging es in die grünen Felder und in die Berge. Anna dünkte sich eine Prinzessin zu sein. Sonst war sie barfuß gelaufen auf diesem wohlbekannten Wege, nun saß sie neben der feingekleideten Dame, selbst sauber und frisch angezogen, ein helles Strohhütchen auf dem dunklen Haar, und fuhr in einer schönen offenen Kutsche, von schnellen Rossen gezogen, stolz in die Welt hinaus.

5 Neue Eindrücke

Es war eine Lust und Freude, bei dem hellen Sonnenschein durch die Felder und Wiesen zu fahren. Nun kamen sie durch das Holz, in dem Anna oft mit Franz umhergestreift war, dann ging es durch Dörfer, die sie kannte. Nach einer Stunde wurde die Gegend fremder, es ging bergan und dann wieder talabwärts, endlich, nach mehrstündiger Fahrt, als sie wieder langsam eine Anhöhe hinaufgefahren waren, zeigte der Kutscher mit der Peitsche auf ein zu ihren Füßen liegendes Tal und sagte: »Dort rechts, wo Sie die langen Gebäude sehen, liegt Grüntal.« In kurzer Zeit waren sie unten und fuhren auf einem breiten, ebenen Wege der Anstalt zu. Was kam denn da entlang? Es blitzte in der Sonne, als ob ein Bataillon Soldaten mit Bajonetten auf den Schultern anrückte. Als sie näher kamen, sahen sie, daß es etwa zwanzig Knaben waren, die mit Spaten auf den Schultern rüstig vorwärts schritten. Als der Wagen vorüberfuhr, blieben sie stehen und grüßten höflich. »Da ist er! Ich hab ihn gesehen!« rief plötzlich Anna und sprang im Wagen in die Höhe. Sie reckte ihre kleine Gestalt und winkte und grüßte, aber der Wagen fuhr zu schnell und die Knaben marschierten vorwärts. »Ja, liebe Frau Brok, das war der Franz«, rief sie glühend vor Eifer, »nun geht er fort, da wir ihn besuchen wollen.« »Die Knaben gehen auf die Arbeit, sie müssen vielleicht ein Stück Feld umgraben oder haben im Garten zu tun, du wirst deinen Bruder schon sehen, wenn wir den Herrn Vorsteher um Erlaubnis gefragt haben.«

Frau Brok ließ den Wagen halten, befahl dem Kutscher im Gasthof des Dorfes auszuspannen und sich und die Pferde auszuruhen. Sie nahm das kleine Mädchen an die Hand und betrat mit ihr den weiten geräumigen Hof der Anstalt. Dort gab es wieder arbeitende Knaben. Einige luden Holz ab, andere kamen aus dem Garten und trugen Körbe mit ausgejätetem Unkraut, die Aufseher gingen daneben und überwachten die Arbeiten der Knaben. Geradeaus lag das helle freundliche Haus mit den Schulzimmern, eine Klasse hatte Singstunde, man hörte frische Kinderstimmen, begleitet von der Geige des Lehrers, das Lied singen: »Gott ist die Liebe, er liebt auch mich.«

Links von dem Schulhause lag ein kleineres, das Haus des Vorstehers. Dieses betrat Frau Brok mit Anna. Ein freundlicher, älterer Herr trat ihr entgegen, der Leiter der Anstalt. Herr Wendt, so war sein Name, bewillkommnete die fremde Dame und führte sie in seine Wohnung. Als er ihren Namen hörte, wußte er, daß der Knabe Franz Münz durch ihre Vermittlung hierhergekommen, und daß das Kind, welches sie an der Hand hielt, Franzens Schwester sei, von ihr angenommen. Er sagte: »Ich freue mich doppelt, Sie kennenzulernen, geehrte Frau, da wir einen und denselben Beruf haben, Kinder für das Reich Gottes zu erziehen, nur mit dem Unterschiede, daß ich einige mehr habe.« Frau Brok traf diese Redeweise ins Herz, daran hatte sie bis jetzt wenig gedacht, Anna für das Reich Gottes zu erziehen. Die Freundlichkeit und Milde des Mannes machte einen angenehmen Eindruck auf sie, ebenso gefiel ihr die Hausfrau, die nun auch herzukam und die Fremde begrüßte. Frau Brok bat, ob sie sich die Anstalt ansehen dürfe, und erwirkte für Anna die Erlaubnis, mit ihrem Bruder sprechen zu dürfen, wenn er von der Arbeit heimkehrte. Einstweilen wurde die Kleine in den Garten geschickt und Frau Brok unterhielt sich eingehend mit diesen liebenswürdigen Leuten, die ganz dazu geschaffen schienen, Kinder zu erziehen. Frau Brok, welche der Meinung gewesen, man müsse solchen von den Eltern verwahrlosten Kindern äußerste Strenge entgegensetzen, merkte bald, daß hier das beste Zuchtmittel die Liebe sei. Schon in dem Ton, mit dem der Hausvater: »Unsere Kinder« sagte, lag soviel Liebe und Erbarmen, und mit welcher Freude sprach er von seinem oft nicht leichten Beruf. Frau Brok sprach ihr Befremden aus darüber, daß er so viel Lust und Liebe zu seinem schweren Tagewerk zu haben scheine, es sei doch gewiß schwierig, die oft ungehorsamen und störrischen Kinder richtig zu leiten, Ärger gäbe es vollauf, wenn sie bedächte, was für Mühe und Ärger ihr das eine Kind fast täglich bereite.

Herr Wendt meinte, es betrübe ihn allerdings, wenn die Kinder nicht wären, wie sie sein müßten, aber er habe sie doch so lieb, daß die Arbeit an ihnen und mit ihnen die größte Lust und Freude sei. Strenge würde allerdings auch gehandhabt und straffe Zucht, aber Strenge allein verbittere die Herzen, dabei würden die Kinder verkümmern. »Liebe Frau Brok«, sagte er, »wenn die Pflanzen keinen Sonnenschein haben, verkümmern sie auch, Kinder sind zarte Pflanzen im Garten Gottes. Wie es uns Freude macht, in unsern Gärten die Blumen zu pflegen, sie sorgsam zu schützen, also müssen wir's mit den Kindern auch machen: wir pflanzen und begießen; aber Gott der Herr gibt das Gedeihen.« Der Garten und seine Pflege war Frau Brok eine große Hauptsache, aber nie war es ihr eingefallen zu denken, daß ihre Anna eine Pflanze sein könnte, ihrer Hut übergeben, edler als alle Pflanzen ihres Gartens, weil sie für das Reich Gottes erzogen werden mußte. »Ich merke, ich tauge nicht zu dem Beruf, den ich mir selbst erwählt«, bekannte sie aufrichtig: »es ist mir bis jetzt eine saure Pflicht gewesen, die ich an dem Kinde geübt habe.« Herr Wendt sah sie freundlich an. »Was wir um des Herrn Willen tun, kann uns nicht sauer werden, wenn die Liebe Christi uns dringt, so wird uns alles leicht.« Frau Brok schwieg, es war ihr, als ob durch dunkle Wolken, die sie umhüllt hatten, plötzlich ein heller Sonnenstrahl in ihr Herz fiel. Herr Wendt fragte nun, ob sie auch die Mädchenanstalt in Augenschein nehmen wolle. Sie bejahte es und bat, Anna mitzunehmen. Diese kam fröhlich aus dem Garten, von wo aus sie die Mädchenschar im anstoßenden Garten hatte sehen und beobachten können. In der Mädchenanstalt waren Schwestern tätig. Überall herrschte fleißiges fröhliches Leben. Einige der Mädchen hatten im Garten zu tun, andere mußten der Küchenschwester helfen, noch andere waren in der Stube mit Ausbessern von Wäsche beschäftigt, unter Aufsicht einer andern Schwester. Es war Frau Brok sehr interessant, sich den Tagesablauf erzählen zu lassen, sie ließ sich die Kücheneinrichtung zeigen und staunte über die großen Kessel mit Essen, am meisten aber wunderte sie sich über die hellen, fröhlichen Gesichter, die es ringsum gab, es war in- und auswendig eitel Sonnenschein. Aus den Augen der Schwestern leuchtete volle Befriedigung und doch ahnte niemand, mit welchen Schwierigkeiten und Widerwärtigkeiten sie oft in ihrem Beruf zu kämpfen hatten. Aber die Kraft von oben half überwinden und: »Das tat Ich für dich, was tust du für Mich« machte sie fröhlich bei ihrer Arbeit für das Reich Gottes.

Die kleine Anna schien ganz aufzuleben. Eine Schwester, welche Frau Brok umherführte, hatte sie an der Hand und sagte, als sie durch ein Zimmer schritten: »Sieh, Kleine, hier ist etwas für dich.« Damit öffnete sie einen großen Schrank, in dem es Puppen aller Art gab, Kochgeschirr und Kochherde, verschiedene Spiele und dergl. »Dürfen sie hier spielen?« fragte Anna verwundert. »Freilich«, versetzte die Schwester, »es sind doch auch Kinder. Du solltest nur einmal Sonntags hier sein, wenn wir uns vergnügt umhertummeln oder wenn die Kleinen mit ihren Puppen spielen.« »O, wenn ich hier sein könnte!« dachte Anna, aber sie ließ den Gedanken nicht laut werden.

Frau Wendt hatte freundlich gebeten, Frau Brok möge ein einfaches Mittagsmahl mit ihnen einnehmen; diese nahm es um so lieber an, als es ihr vergönnt war, noch länger in Gesellschaft dieser lieben Leute zu verweilen. Nach Tisch durfte Franz kommen, und die Kinder konnten sich in der Nebenstube nach Herzenslust genießen. »O, Franz, wie lang du geworden bist«, sagte Anna. »Bist du gern hier?« Franz bejahte dies aus vollem Herzen und rühmte Herrn Wendts Freundlichkeit. Herr Wendt sprach unterdessen mit Frau Brok über den Knaben; er sei zuerst scheu und verschlossen gewesen, meinte er, aber nun sei er zutraulich und gut. Er sei von zarter Gesundheit und müsse geschont werden, aber das Arbeiten in der frischen Luft und das regelmäßige Leben werde seine Gesundheit festigen. Während Herr Wendt sprach, klopfte es. Ein kleiner Knabe von etwa zehn Jahren trat fröhlich mit der Mütze in der Hand herein. »Was willst du, mein Junge?« redete Herr Wendt ihn an. Ein verlegenes Lächeln beim Anblick der fremden Dame war die Antwort. Frau Wendt ging an die Tür, halblaut flüsterte der Knabe ihr etwas zu. »Ach so«, sagte sie und nickte freundlich, »es ist gut, August, komm nur um 4 Uhr.« Ein dankbarer, freundlicher Blick als Antwort und der Junge war verschwunden. »Er meldete«, sagte Frau Wendt lachend, »daß sein Geburtstag heute sei.« »Wie?« rief Frau Brok, »können Sie alle sechzig und mehr Geburtstage berücksichtigen?« – »Weiter nicht«, sagte Herr Wendt, »als daß der Geburtstagträger das Recht hat, mit uns beiden Kaffee zu trinken, er bekommt statt des Schwarzbrotes Semmel und hat die Ehre bei uns zu sitzen«, fügte er lachend hinzu. »Die Kinder müssen doch fühlen, daß wir's gut mit ihnen meinen«, versetzte Frau Wendt, »es hat ihnen das Schönste, was das

Leben schmückt, die Liebe, gefehlt, und daß sie dieselbe bei uns finden, ist unser beider eifriges Bemühen.« – »Was haben Sie selbst aber vom Leben, wenn Sie alles aufgeben um der Kinder willen?« »Die schönste Befriedigung«, erwiderte der Vorsteher. »Sie haben gewiß auch schon erfahren, verehrte Frau, daß man am glücklichsten ist, wenn man sich selbst vergißt um anderer willen. Und dann, finde ich, ist es eine der schönsten Arbeiten, wenn man die Seelen der Kinder zum Herrn führen darf, eingedenk des Wortes Gottes: ›Lasset die Kindlein zu mir kommen und wehret ihnen nicht, denn solcher ist das Reich Gottes.‹« – »Haben Sie viel Erfolg?« »Vor Menschenaugen nicht, aber wir machen's wie der Sämann, wir streuen den Samen und befehlen ihn Gott. Er läßt ihn oft lange schlummern, aber dann keimt es im Verborgenen, wenn wir's oft gar nicht meinen. Wir haben neben vielem Mißlingen auch viele schöne Erfahrungen und die sind unser bester Lohn.«

Die Kinder hatten unterdes fröhlich miteinander geplaudert; Frau Brok kam nun auch, sprach freundlich mit dem Franz und überreichte ihm mitgebrachte Kleidungsstücke. Dann sah sie dem Treiben auf dem Spielplatz zu, und endlich wohnte sie der allgemeinen Abendandacht im großen Betsaal bei. Alle Kinder mit ihren Lehrern und Aufsehern vereinigten sich oben, und unter den Klängen des Harmoniums ertönte der Abendgesang: »Nun sich der Tag geendet, mein Herz zu dir sich wendet.« Dann hielt Herr Wendt eine herzliche, einfache Ansprache an die Kinder, befahl die ganze Anstalt in die Hände Gottes und sprach den Segen. Dann wurde der Schlußvers gesungen und die Kinder, die so behütet an Leib und Seele ihren Tageslauf vollendet hatten, begaben sich in ihre Gemächer zur Ruhe. Frau Brok aber eilte zum Aufbruch, der Wagen hielt schon geraume Zeit vor der Tür. Sie verabschiedete sich herzlich von den neugewonnenen Freunden und versprach, einmal wiederzukommen. Unterwegs war Frau Brok schweigsam, die neuempfangenen Eindrücke stürmten gewaltsam auf sie ein. All ihr Tun und Lassen erschien ihr so eitel, so töricht dem gegenüber, was sie hier gesehen und gehört. Ein Seufzer aus aufrichtigem Herzen stieg zu Gott empor, daß Er ihr helfen solle, daß es anders werde. Anna war sehr belebt. Sie erzählte Frau Brok von allem, was der Franz berichtet, von seinen Arbeiten, von der Schule und den gemeinsamen Spielen. Aber das Schönste sei doch Weihnachten gewesen, habe er gesagt. Da habe er geglaubt, er sei im Himmel, so schön, so wunderschön sei es gewesen. »Möchtest du wohl auch in Grüntal sein?« fragte Frau Brok, »soll ich dich hinschicken?« Anna dachte eine Weile nach. »Ja, ich möchte wohl, aber ich will lieber bei Ihnen bleiben.« »Warum denn?« »Weil Sie sonst so allein sind.« »Ja, Anna, bleibe bei mir, wir wollen uns lieb haben, nicht wahr?« Anna nickte. Der Wagen rollte über Berg und Tal; es war ein lieblicher Juniabend, der Heuduft drang von den nahen Wiesen, der Mond warf sein mildes Licht über die Gegend, hier und da blinkten die Sternlein. Frau Brok bewegte noch immer den Schlußvers, welchen die Kinder in der Abendandacht gesungen, in ihrem Herzen:

Ein Tag der sagt's dem andern,
Mein Leben sei ein Wandern
Zur großen Ewigkeit.
O Ewigkeit, du schöne,
Mein Herz an dich gewöhne,
Mein Heim ist nicht in dieser Zeit.

6 Eine dunkle Wolke

Sechs Jahre sind vergangen. Anna ist nicht nach Grüntal gekommen, sondern bei Frau Brok geblieben. Sie ist ein stattliches hübsches Mädchen geworden, und wer sie sieht, wie sie im Hause der Frau Brok schaltet und waltet, der merkt, daß der erzieherische Einfluß, den dieselbe geübt, nicht vergeblich gewesen ist. Frau Brok selbst aber hat allmählich gelernt, die Welt von einem andern Gesichtspunkt aus zu betrachten; ihre Stuben und Möbel, ihr Garten und ihre Blumen, kurz alles irdische Wesen, was um sie herum ist und was ihr vordem eitel Sorge und Mühe gemacht hat, ist nicht mehr der Mittelpunkt ihres Lebens, sie hat angefangen mit Ernst zu trachten nach dem, was droben ist. Aber manchen schweren Kampf hat sie zu bestehen, ihre Natur ist eigenartig angelegt. Die Schroffheit und das strenge, etwas mißtrauische Wesen, welches sie äußerlich kennzeichnet, läßt nicht ahnen, welche Tiefe des Gemütes in ihr verborgen ist. Frau Brok hat treu für das angenommene Kind gesorgt und hat sie gut erzogen: aber sie hat einen Fehler begangen, sie hat sie von vornherein als Untergebene behandelt, es ist mehr das Verhältnis einer Herrin zur Dienerin, als das einer Mutter zum Kinde. Dadurch ist das Vertrauen nicht völlig geworden, und es bleibt stets eine Schranke zwischen ihnen aufgerichtet. So kommt es auch, daß Anna immer noch eine gewisse Zurückhaltung und Scheu behalten hat vor der vornehmen Dame, so daß Frau Brok keinen Begriff hat, wie tief und treu die Liebe des Mädchens ist zu der, die sie dem Elend entrissen und ein ordentliches Mädchen aus ihr gemacht hat. Zu Ostern ist sie konfirmiert worden, nun muß sie alle häuslichen Geschäfte, zu denen sonst Frau Sattler kam, selbst verrichten, nur zu den gründlichen Reinigungs-

und Waschtagen stellt sich die Alte ein. Franz ist schon vor einem Jahr eingesegnet worden, und da er sich gut geführt, so hat Herr Wendt einen Dienst für ihn gesucht. Er ist in einem entfernt liegenden Dorf bei einem Bauern und verdient sich, was er braucht.

Die Geschwister hängen immer noch sehr aneinander; wenn Franz einmal in die Stadt kommt, besucht er Anna und die beiden sind sehr glücklich miteinander. Frau Brok ist in den Jahren, da Anna noch Kind war, öfter in Grüntal eingekehrt, sie hatte sich oft einen Rat von Herrn Wendt zu holen. Zu Weihnachten aber, wenn die Witterung es erlaubte, waren sie zur Weihnachtsfeier dorthin gefahren. Es war wirklich wie Franz gesagt hatte: ›wunderschön‹. Der vierstimmige Gesang der Lehrer und Kinder im großen Betsaal, die großen, schönen Christbäume, darunter die Krippe mit dem Kindlein, mit Joseph und Maria und den anbetenden Hirten, dann, nach der Andacht, die Bescherung der Kinder im Schulsaal, die Freude und der Jubel derselben, das alles war angetan, die Herzen fröhlich zu machen. Leider war die Zeit nun dahin; Herr Wendt war gestorben, und Franz war fortgegangen. Aber Frau Brok hatte gelernt, im eigenen Heim sich und andern Freude zu schaffen; die alte kleinliche Strenge wurde bekämpft, wenn es galt, etwas Gutes zu tun. Frau Brok waren fröhliche Kindergesichter jetzt ebenso lieb oder noch lieber als blanke Schlösser und blitzende Kannen. Mit der Familie Werter ist sie nach wie vor befreundet; Meta ist seit mehreren Jahren nach auswärts verheiratet; wenn sie mit den Kindern kommt, wird Tante Brok jedesmal besucht, und diese ist nicht mehr so kleinlich, daß sie fürchtet, die Kinder könnten ihre Räume in Unordnung bringen. Zudem ist die flinke Anna da, die bald alles wieder zurechtbringt, wie Frau Brok es gerne hat. Im Hause, im Garten, überall ist sie zu gebrauchen. Wenn Frau Broks Geburtstag kommt, so bittet Anna immer den Sonntag vorher um Erlaubnis, einen Spaziergang machen zu dürfen; dann lächelt Frau Brok und sagt: »Anna, vergiß mich nicht.« Sie weiß, sie kommt mit einem großen Strauß Vergißmeinnicht nach Hause, der am Geburtstagsmorgen auf dem Tisch prangt.

Es war einige Tage nach dem Geburtstag der Frau Brok; Anna hatte eben den schönen Vergißmeinnicht frisches Wasser gegeben und Frau Brok, welche wieder ihre Freude über diese ihre Lieblingsblumen ausgesprochen, versichert, sie sollte jedes Jahr, solange sie lebe, einen Strauß haben, da klopfte es. Frau Werter trat ein mit Meta, der jungen Frau, welche auf einige Tage mit ihren beiden Töchterchen zum Besuch gekommen war. Im Laufe des Gesprächs erzählten sie, wie Herr Werter beabsichtige, morgen Nachmittag einen Ausflug mit ihnen zu unternehmen, wie sie aber die Kinder daheim zu lassen gedächten, da sie erst spät am Abend zurückkehren würden. Frau Brok bat, ihr das fünfjährige Gretchen und das zweijährige Hannchen zu schicken, Anna sollte die Kinder zu rechter Zeit nach Hause bringen. Dies wurde dankbar angenommen.

Am folgenden Nachmittag wurden die Kinder gebracht. Sie waren allerliebst und lebendig. Frau Brok war lange im Garten mit ihnen, dann zeigte sie ihnen Bilder und erzählte dabei. Die Kleinen wurde immer zutraulicher und plauderten viel, Gretchen bewunderte die schöne rote Wolle, welche die Tante auf dem Nähtisch hatte, und fragte sie, ob sie die Wolle wohl wickeln dürfe, sie verstände es gar schön, da sie es für die Mutter schon oft getan. Frau Brok erlaubte dies gern, hatte sie sich doch schon lange mit den Kindern beschäftigt und sehnte sich nach einem Ruhestündchen. Sie ging mit ihnen in die Eßstube, stellte Stühle, legte die Wolle darüber und bald war das Gretchen munter beim Wickeln. Klein Hannchen bekam eine Menge kleiner Bildchen, die ihr auf den Stuhl gelegt wurden, zum Ansehen.

Als Frau Brok eben ins vordere Zimmer zurückgegangen war, kam Frau Baum, die Wirtin. Sie brachte einen Fünfmarkschein, den sie Frau Brok am Morgen beim Wechseln eines Goldstückes schuldig geblieben war. Sobald Frau Brok der Wirtin ansichtig wurde, fiel ihr ein, daß es gestern beim Gewitter oben in der Kammer durchgeregnet hatte. Sie wollte es Frau Baum zeigen, und da die Kinder ruhig im Eßzimmer beschäftigt waren, ging sie mit ihr hinauf, ihr den Schaden zu zeigen. Sie rief vorher Anna zu, sie möchte zu den Kindern gehen; da diese aber gerade eine notwendige Arbeit unter den Händen hatte, verstrichen etwa zehn Minuten, bevor sie dem Befehl nachkommen konnte. Gretchen wickelte eifrig; nun hatte sie ein Paket Wolle fertig, und vor Eifer glühend, legte sie das zweite um den Stuhl. Die Kleine war unbeachtet durch die angelehnte Tür ins Nebenzimmer getrippelt. »Mehr Bilder«, sagte sie und sah suchend umher. Das kleine Menschenkind konnte gerade auf den Tisch gucken. Da – mehr Bild! – Sie griff nach etwas, das einem Bilde ähnlich war, lief wie ein kleiner Vogel zurück, ergriff ein Stückchen Zeitungspapier und wickelte das Bild hinein, wie sie es mit den andern Bildern aus Kurzweil getan. Jetzt drehte sich Gretchen eifrig um, sah das Papier in der kleinen Hand und rief: »Hannchen, gib mir das.« In einem Nu hatte sie es zusammengekniffen, und hurtig wurde es als Unterlage zu dem neuen Wollknäuel genützt. Bald sah man nichts mehr davon, die schöne rote Wolle bedeckte alles. Das kleine Hannchen stand wieder an ihrem Stuhl und packte nun die kleinen Bilder, die sie alle in Blättchen von Zeitungspapier gewickelt, wieder aus.

Nun kam Anna durch die vordere Stube zu den Kindern und lachte und schäkerte mit der Kleinen, bis Frau Brok mit der Wirtin die Treppe hinunter kam. »Das Geld habe ich auf den Tisch gelegt, Frau Brok, Sie haben es doch weggenommen.« »Nein«, versetzte diese, »aber ich will es gleich an mich nehmen.« Sie betrat das Zimmer, sah den runden Tisch vor sich, aber nichts darauf. »Liebe Frau Baum, wohin legten Sie das Geld?« Frau Baum kam noch einmal zurück, zeigte mit der Hand auf den Tisch und versicherte, den Schein dorthin gelegt zu haben, Frau Brok müsse es gesehen haben. »Ja, ich erinnere mich – aber – es müßte doch hier sein.« Sie suchte unter dem Tisch überall in der Stube; Frau Baum schien es sehr unangenehm zu sein. »Hätte ich es Ihnen doch in die Hand gegeben!« »Ich lasse nie Geld liegen«, versetzte Frau Brok unruhig.

Unterdessen hatte Frau Baum die Tür des Nebenzimmers geöffnet, worin Anna und die Kinder sich befanden. »Anna«, sagte sie, »sind Sie vorne in der Stube gewesen?« »Ja, ich brachte den Blumen frisches Wasser und ging dann zu den Kindern.« »Hast du Geld, einen Papierschein, auf dem Tisch liegen sehen?« fragte Frau Brok. »Nein – es kann sein – nein, ich habe gar nicht nach dem Tisch gesehen.« »Kinder, seid ihr im vorderen Zimmer gewesen?« »Nein«, sagte Gretchen entschieden, »ich habe immer Wolle gewikkelt und Hannchen hat an ihrem Stuhl gespielt.« Gretchen hatte mit ihrer Wolle am Fenster gestanden, mit dem Gesicht dorthin gewendet, und hatte in ihrem Eifer nicht bemerkt, daß die Kleine wirklich einen Augenblick in der Nebenstube gewesen war. Anna half auch suchen, bis Frau Brok, plötzlich nach der Uhr sehend, sagte: »Die Kinder müssen nach Hause gebracht werden, ich habe es versprochen. Anna, begleite sie und übergib sie dem Kindermädchen. Komm, so bald du kannst, zurück.« Nachdem Frau Brok die Kinder noch mit allerlei niedlichen Sachen erfreut hatte, wurden sie entlassen. Frau Brok schien über das Verschwinden des Geldes sehr verstimmt, es war ihr nie vorgekommen, daß sie unachtsam war, wenn ihr Geld übergeben wurde; wie dumm, daß sie es nicht gleich zu sich steckte!

Als Anna mit den Kindern fort war, steckte Frau Baum wieder den Kopf zur Tür herein. »Frau Brok«, sagte sie geheimnisvoll, »passen Sie nur dem Mädchen auf!« »Welchem Mädchen? Sie wollen doch nicht sagen –« »Daß Anna sich das Papierchen angeeignet hat. Eine günstige Gelegenheit. Sahen Sie nicht, wie verlegen sie wurde? Art läßt nicht von Art. Denken Sie nur, von welcher Familie sie stammt. Das steckt einmal drin, und das bringen Sie auch nicht heraus.« »Ich habe nie bemerkt, daß Anna mir das Geringste genommen hat; im Anfang hat sie mitunter genascht, auch wohl die Wahrheit zu verbergen gesucht, aber das ist längst vorüber. Sie kennt den Unterschied zwischen Recht und Unrecht und strebt dem Guten nach.« – »Mir kann's ja gleich sein«, sagte Frau Baum in gereiztem Ton. »Sie haben dem Mädchen bis jetzt keine Gelegenheit gegeben, da Sie immer vorsichtig mit dem Gelde sind. Aber, sie ist nicht so, wie Sie denken. Das eitle Närrchen putzt sich gern. Gestern erzählte sie mir, sie habe in einem Laden der Stadt so schöne Broschen liegen sehen, eine habe ihr sonderlich gefallen, die hätte sie kaufen mögen, aber sie wäre mit fünf Mark ausgezeichnet gewesen.« »Anna kauft sich nichts, ohne mich darum zu fragen. Wir wollen die Angelegenheit ruhen lassen. Sie haben mir das Geld gegeben, Frau Baum, damit gut.« »Nun, wenn Sie nur das wissen, dann bin ich zufrieden. Daß Sie nur nicht denken, ich habe das Geld nicht abgeliefert.« Damit ging die Frau, und wenn Frau Brok auch nicht glauben mochte und wollte, was sie ihr in die Ohren geblasen, einen Stachel ließ es doch zurück.

Als Anna zurückkam, fand sie Frau Brok wieder suchend. Es wurde den ganzen Abend gesucht, vor und nach dem Abendbrot, aber gefunden wurde nichts. »Wie hübsch das

Gretchen die Wolle gewickelt hat«, sagte Frau Brok, »mir ist nur alle Lust zum Stricken vergangen.« Hiermit nahm sie die beiden Wollknäuel und packte sie in den Eßschrank. »Anna, es ist doch niemand ins Haus gekommen, während ich mit Frau Baum oben war?« »Niemand«, war die Antwort. »Und du weißt wirklich nicht, wo das Geld hingekommen ist, Anna, du bist die Einzige, die in der vorderen Stube gewesen ist, du mußt es wissen.« Sie sah sie mit dem strengen Blick an, der ihr eigen war, und plötzlich ging Anna eine Ahnung auf, welchen Verdacht Frau Brok hegen konnte. »Sie denken doch nicht, daß ich – –« stotterte Anna erschrocken. »Ich will es nicht denken, mein Kind, ich hoffe, du sagst mir stets die Wahrheit.« »Ich nehme kein Geld«, sagte Anna trotzig, »ich nehme Ihnen überhaupt nichts.« Nach einer Weile fügte sie hinzu: »Es ist vielleicht, als ich die Tür aufmachte, durch den Luftzug vom Tisch geflogen –« »Dann müßte es hier sein, müßte sich irgendwo gefunden haben. Wir wollen die Sache ruhen lassen, wollen morgen, bei Tage, alles noch einmal durchsuchen, und wenn sich's nicht findet – den Wert des Geldes will ich gern verschmerzen, aber zu denken –« Sie vollendete den Satz nicht, aber auf Anna legte sich ein schwerer Druck, der nicht wieder von ihr weichen wollte.

Sie sprachen nicht mehr viel zusammen den Abend. Anna besorgte ruhig ihre Arbeit, aber als sie in ihrem Kämmerlein lag und alles still um sie her war, da schluchzte und weinte sie bitterlich. Frau Brok aber dachte: »Wenn die Versuchung sie übermannt haben sollte, so kommt sie gewiß morgen und bekennt es.« Aber Anna konnte nicht bekennen, was sie nicht getan, und als am folgenden Tage wieder jedes Eckchen durchsucht worden, jedes Blättchen umgewendet, jede Decke aufgehoben, da bemächtigte sich ihrer eine große Mutlosigkeit. Sie merkte es zu gut, daß Frau Brok Mißtrauen hatte, diese war verstimmt. Anna war stiller als gewöhnlich, es hatte sich ein Schatten zwischen sie und ihre Herrin gestellt. Am Abend vor dem Zubettgehen sagte Frau Brok plötzlich: »Nun, Anna, wir wollen vergessen, was zwischen uns liegt.« Sie reichte ihr die Hand. »Glauben Sie mir, daß ich das Geld nicht genommen habe?« »Ich will dir's glauben, und nun sei wieder munter und vergnügt und laß die Sache ruhen.«

Frau Brok war entschlossen, gegen Anna nichts mehr zu erwähnen, aber zu ihrer eigenen Beruhigung wollte sie, wenn Anna abwesend sei, deren Stube untersuchen; fände sie nichts, was auf ihre Ehrlichkeit einen Schatten werfen konnte, so wollte sie ihr wieder Vertrauen schenken. Am andern Morgen wurde Anna in die Stadt geschickt; als sie eine Weile fort war, begab sich Frau Brok in das Stübchen, welches sie Anna, seit sie erwachsen war, eingeräumt hatte. Sie sah sich prüfend darin um und ging an die Kommode. Sie zog das oberste Fach auf und nahm die Sachen auseinander. Dort lag das Portemonnaie, sie wollte eben danach greifen, da hörte sie ein Geräusch hinter sich. Sie sah, wie Anna totenbleich in der Tür stand, gleich darauf aber verschwand. »Anna«, rief sie, aber Anna war wieder fort. Es war ein Regenguß gekommen, deshalb war sie wieder umgekehrt, um sich ihren Schirm zu holen.

Frau Brok fühlte, daß es nicht richtig gewesen, nachdem sie dem Mädchen versprochen, ihr zu glauben, in ihrem Mißtrauen zu beharren; sie ahnte aber nicht, wie tief sie das Mädchen damit verwundet hatte. Anna war den ganzen Tag über sehr still und in sich gekehrt. Sie machte ihre Arbeit, vermied aber absichtlich, mit Frau Brok zusammen zu sein. Sie war viel in ihrer Stube beschäftigt, aber Frau Brok beachtete es nicht. Diese war durch die Aufregungen der vorhergehenden Tage recht angegriffen und schlief die Nacht besser als gewöhnlich. Sie erwachte erst, als die Sonne hell und freundlich ins Zimmer schien. Sie hatte es ja auch gut; wenn sie aufstand, war der Kaffee fertig, die Stuben blank. Sie wollte nun das alte Mißtrauen zu überwinden suchen und sich von niemand mehr etwas einreden lassen. Die ungewöhnliche Stille im Hause fiel ihr auf. Sonst ertönte mitunter schon Annas helle Stimme in der Küche, wo steckte sie heute? Als Frau Brok ins Eßzimmer kam, war der Kaffeetisch gedeckt, alles stand bereit, aber keine Anna kam mit freundlichem Morgengruß, wie sie es gewohnt war. Frau Brok glaubte immer noch, das Mädchen sei mit einer Arbeit beschäftigt im Garten oder sonstwo, und habe ihr Kommen überhört. Als aber die Stunde vergangen war und sich nichts regte, da überkam sie ein seltsames Gefühl der Angst. Sie ging in Annas Stube, als ob dort Aufklärung zu finden sei. Nach einigen Minuten war die Lösung da. Auf dem Tisch lag ein Zettel mit den wenigen, inhaltschweren Worten: »Seien Sie mir nicht böse, wenn ich Sie verlassen habe. Solange Sie mich für eine Diebin halten, kann ich nicht unter einem Dache mit Ihnen leben. Ich vergesse nie, was Sie an mir getan haben. Anna Münz.«

Es war Frau Brok einen Augenblick, als ob alles in ihr stockte. Das war also das Ende von der Geschichte. Verlassen von dem Mädchen, das ihr immer mehr eine treue Stütze ihres Alters werden sollte. Und warum? Wegen dieses unglücklichen Fünfmarkscheins! Ja, das Mädchen hatte ein sehr zartes Gewissen – oder sie hatte es genommen und schämte sich, es einzugestehen. Sie hatte nur das Notwendigste mitgenommen, aber der Konfirmationsspruch, der sonst über ihrem Bett hing , war verschwunden; daß sie den mitgenommen, war kein schlechtes Zeichen. Was sollte sie glauben! Sie war in letzter Zeit so glücklich gewesen in Annas Besitz, warum mußte diese schwere Prüfung über sie hereinbrechen! Was würden die Leute sagen? Und Frau Baum? Da lugte sie schon in die Stube. »Wo bleibt denn die Anna heute?« fragte sie neugierig. »Meine Anna kommt nicht wieder«, erwiderte Frau Brok mit zitternden Lippen. »Hätten Sie mir nicht zuerst Mißtrauen eingeflößt, ich selbst wäre gar nicht darauf gekommen, Anna für eine Diebin zu halten.« »Es ist ja der beste Beweis dafür, daß sie fortgelaufen ist. Hätte sie ein gutes Gewissen, so wäre sie ruhig geblieben«, versetzte Frau Baum. »Ich muß sehen, wie ich allein fertig werde«, versetzte Frau Brok kurz; sie wünschte, die Frau möge sie verlassen. Frau Baum merkte es und ging ihrer Wege. Frau Brok aber zog sich in ihre Gemächer zurück und weinte bitterlich.

7 Die Heimat der Seele ist droben im Licht

Als Anna Frau Brok in ihrer Stube fand, damit beschäftigt, ihre Sachen zu untersuchen, da war es wie ein Schwert durch ihre Seele gegangen. Die Frau, welche sie so hoch verehrte und liebte, der sie ihr ganzes Leben in Dankbarkeit widmen wollte, sie traute ihr nicht mehr! O, sie konnte es nicht ausdenken, wie das enden sollte. »Fort, fort von hier, wo man dich für eine Diebin hält«, so tönte es in ihr. In großer Aufregung, die sie jedoch äußerlich verbarg, suchte sie nur wenige Habseligkeiten zusammen, am nächsten Morgen in aller Frühe wollte sie das Haus verlassen. Sie lag die ganze Nacht wach. Sollte sie bleiben? Sollte sie ruhig alles über sich ergehen lassen? Nein, wenn die Leute mit Fingern auf sie zeigen würden und sich zuflüstern: Sie hat ihrer Wohltäterin Geld weggenommen, das würde sie nicht überleben. Lieber fort, dann hörte sie nicht, was die Leute sagten. Und Frau Brok? Nun, sie würde sich Frau Sattler wieder nehmen und alles würde sein, wie es vorher gewesen. Wenn sie ihr diese Schlechtigkeit zutraute, konnte sie sie nicht lieb haben. Und ihre Liebe zu Frau Brok war doch so groß. Sie hatte es ihr freilich nie zu zeigen gewagt, konnte nicht viele Worte machen, aber durch die Tat hatte sie es fort und fort beweisen wollen – nun war alles dahin.

Als es zu tagen begann, stand sie leise auf, besorgte ihre Obliegenhciten mit größter Gewissenhaftigkeit, und bald nach vier Uhr schlüpfte sie durch die Hintertür ins Freie. Sic brauchte nicht zu bedenken, daß Frau Baum sie bemerkte, diese liebte das Frühaufstehen nicht sonderlich, und auch die Nachbarn lagen noch in tiefstem Frieden. Es war ein wunderschöner Sommermorgen, der Tau lag auf den Gräsern und blitzte wie tausend Diamanten in der Morgensonne. Sie warf noch einen Blick zurück auf Haus und Garten und wanderte zur Stadt hinaus, wieder das heimatlose, einsame Waisenkind, das sie früher gewesen. Eine tiefe Traurigkeit lag auf ihrem jungen Gesicht, sie war wie eine vom Frost getroffene Blume. Sie war schon ein gutes Stück gegangen, als sie stillstand und sich fragte, wohin? Die Antwort lag bei der Frage. Wohin wohl anders als zu dem Bruder, der nun ihr Ein und Alles war, was sie auf der Welt besaß. Ihm wollte sie alles klagen, mit ihm beraten, was sie tun solle, er war verständig und gut, er würde sicher das Rechte treffen. Das Dorf, wo er in Diensten stand, lag aber mehrere Meilen entfernt, sie würde es heute nicht erreichen können, vielleicht fand sie in einem andern Dorf Unterkunft für die Nacht, und morgen ist Sonntag, da konnte sie mit dem Bruder länger zusammen sein. Im ersten Dorfe wagte sie noch nicht Rast zu machen, sie war manchen Leuten bekannt, und es könnte von ihrer Flucht in der Stadt erzählt werden. Sie ging eilig die Dorfstraße entlang und schritt dem nahe hinter dem Dorf gelegenen Walde zu. Hier suchte sie ein stilles Plätzchen, wo sie oft als Kind mit Bruder Franz gesessen und verzehrt, was ihnen die freundlichen Dorfbewohner gespendet hatten. Nun war alle Fröhlichkeit dahin, sie hatte die Bitterkeit des Lebens gekostet, dunkel lag die Zukunft vor ihr.

Sie öffnete den Korb, welchen sie mitgenommen, obenauf lag ihr Konfirmationsspruch, der sollte sie begleiten auf ihrer Wanderung. Er lautete: »Der Herr behüte dich vor allem Übel, Er behüte deine Seele.« Sie mußte wieder weinen, als sie ihn las, sie hatte am Konfirmationstag gelobt, sich zu hüten vor allem Bösen, und nun sollte sie ein so großes Übel getan haben. Und wenn sie dann unschuldig war, tat sie nun nicht Unrecht, daß sie davongegangen war?

Sie wußte selbst noch nicht, ob es recht oder unrecht war; umkehren konnte sie nicht wieder. Sie bat Gott, sie nicht zu strafen, daß sie ihre Herrin verlassen, sie bat Ihn, sie auf rechter Straße zu führen. Die Wipfel der Bäume rauschten leise, das Bächlein murmelte und sprudelte, sie wurde so müde, daß sie einschlief. Als sie erwachte, war der Tag weit vorgeschritten, sie raffte sich schnell auf, um noch vor Abend ins nächste Dorf zu kommen. Dort war sie fremd, sie hatte eher Mut, um ein Nachtlager zu bitten.

Lange mußte sie wandern, bevor sie dasselbe erreichte; als sie eben die Dorfstraße betrat, kam ein junges Mädchen, etwas älter als sie, mit einem Korb Gras auf dem Rücken hinter ihr her. »Sie sind hier wohl fremd?« fragte sie teilnehmend, da sie merkte, wie Anna fremd und verlegen um sich sah und zögernd stehen blieb. »Ist hier ein Gasthof, in dem man übernachten kann?« fragte sie. »Einen Gasthof gibt es hier wohl«, war die Antwort, »aber es sind immer viele fremde Fuhrleute und andere durchreisende Männer dort. Wenn Sie bei uns vorlieb nehmen mögen, ein übriges Bett hätte ich schon. Sie sehen müde aus und müssen weit gewandert sein«, fügte sie mitleidig hinzu. Anna bejahte dies und nahm das Anerbieten dankbar an. Sie gingen bis ziemlich an das Ende des Dorfes, da lag ein kleines, weinumkränztes Häuschen von blühenden Malven und Rittersporn umgeben; ein älterer Mann saß draußen auf der Bank und schnitzte. »Susanne, du bleibst recht lange«, sagte er, »die Ziege und ich warten mit Schmerzen auf dich.« Susanne hieß Anna in die Stube gehen und erklärte dem Vater, daß sie einen Nachtgast mitbrächte.

Dann ging sie, ihre Ziege zu melken und brachte dem fremden Mädchen ein Glas schäumender Milch. Sie setzte Brot und Butter daneben mit der freundlichen Bitte, es sich wohl schmecken zu lassen. Da Anna fast den ganzen Tag nichts genossen hatte, nahm sie es dankbar an und fühlte sich danach etwas frischer. Nachdem die flinke Susanne den kleinen Hausstand besorgt hatte und das Abendbrot für den Vater aufgetragen war, rückte sie vertraulich zu Anna und sagte: »Nun mußt du mir erzählen (ich nenne dich lieber du, wir Mädchen sind es so gewohnt untereinander), wo du herkommst und wohin du willst.« Anna sagte ihr, sie wolle ihren Bruder besuchen, der in Wildenhain diene. Sie habe das Dorf heute nicht mehr erreichen können und sei sehr froh, daß sie hier bleiben dürfe. Susanne teilte ihr mit, daß sie dies Häuschen mit dem Vater allein bewohne, die Mutter sei schon mehrere Jahre tot und die Brüder seien zerstreut in der Welt. Dann führte sie Anna oben hinauf in das Dachkämmerlein, in dem ein schönes Bett zur Ruhe einlud.

Als Anna allein war, dankte sie Gott, der so treu für sie gesorgt; sie dachte in Wehmut der Frau Brok, die sie so lieb hatte und der sie so gerne gedient hätte. Sie bat Gott, Er möge sie schützen und behüten und helfen, daß die Wahrheit an den Tag käme. Am andern Morgen machte sie sich früh auf den Weg, nachdem sie ihrer freundlichen Wirtin gedankt für das schöne Nachtlager, welches sie ihr bereitet hatte. Susanne packte ihr von dem kräftigen Brot und dem schönen Käse ein und bat sie, wenn sie wieder durch das Dorf komme, nicht zu vergessen, bei ihr vorzusprechen.

Nun wanderte sie wieder über Berg und Tal, fragte sich hier zurecht und dann da, und endlich zu Mittag war sie so weit, daß ein Bauer, der ihr begegnete, ihr sagen konnte: »Wenn du auf den Berg da drüben hinaufkommst und schaust hinunter in das Tal, da liegt vor dir ein Dorf mit einer schönen Kirche, das ist Wildenhain, was du suchst.« Anna eilte, denn der Himmel war dunkel und trübe, hin und wieder fielen schon einige Regentropfen. Als sie oben auf dem Berg angelangt war, sah sie das große Kirchdorf vor sich liegen. Nun bin ich endlich so weit, dachte sie und setzte sich auf einen Stein, um auszuruhen, da sie vom Steigen erhitzt und müde war. Da begann es im Tale zu läuten, voll und kräftig setzten die Glocken ein, es waren aber keine Sonntags-, sondern Sterbeglocken, Anna kannte den Unterschied wohl. Sie klangen laut und feierlich zu ihr hinauf und erfüllten ihr Herz mit unendlicher Traurigkeit. All ihr Jammer und ihr Schmerz brach hervor, sie weinte zum Herzbrechen. Endlich ermannte sie sich und ging weiter. Aber es war, als hätte sie Blei an den Füßen, es lag ein Druck auf dem Gemüt, der nicht weichen wollte, je näher sie dem Dorfe kam, um so deutlicher hörte sie den Gesang der Schulknaben vom Gottesacker her; sie kannte die Melodie und das Lied. Es war: Jesus meine Zuversicht. Wen mochten sie wohl begraben? Nun war es still. Sie schritt rüstig vorwärts, indem sie sich selbst Mut zusprach nicht zu verzagen, sondern sich nur auf den Bruder zu freuen, den sie lange nicht gesehen.

Als sie endlich das Dorf erreicht hatte, sah sie junge Burschen und Mädchen gruppenweise beieinander stehen, wie es Sonntags immer zu sein pflegt. Aber es herrschte keine laute Fröhlichkeit, die Unterhaltung war ernst und gehalten. Sie kamen augenscheinlich vom Begräbnis. Sollte ein junges Menschenkind schon zur Ruhe gebracht sein? Als sie, die Fremde, an den jungen Leuten vorüber kam, ging ein Flüstern durch die Reihen. Sie hörte deutlich die Worte: »Das ist gewiß seine Schwester?« Eine andere Stimme antwortete darauf: »Wie kannst du das denken! Sie hat ja kein schwarzes Kleid an.« Sie war durch diese Worte wie vom Blitz getroffen. »Sollte?« – – – nein, es war unmöglich! Es konnte nicht sein!

Sie wollte schon längst nach dem Bauern Wenzel fragen, ihr erstarb das Wort auf der Zunge. Einmal kam ein mitleidiges Mädchen auf sie zu und fragte: »Suchen Sie jemand?« Da quollen ihr ein paar dicke Tränen aus den Augen und sie sagte: »Ich suche meinen Bruder Franz, er dient beim Bauern Wenzel.« Das Mädchen sah sie mit einem unendlich traurigen Blick an und sagte: »Der Bauer wohnt dort in dem großen Hause, wo beide Haustüren geöffnet stehen.« Sie sah das Haus und die weitgeöffneten Türen und wankte darauf zu, dann vernahm sie wieder das Geflüster hinter sich: »Es ist seine Schwester, aber sie weiß es noch gar nicht.«

Als sie sich mühsam bis zum Hause geschleppt hatte, sah sie eine wohlhäbige, gutmütig aussehende Frau in schwarzer Tracht auf dem Hausflur stehen. Sie nahm sich eben ihr Kirchentuch ab und legte es zusammen. Als sie das fremde, bleiche Mädchen auf sich zukommen sah, rief sie: »Ist das die Schwester von Franz? Du armes Kind, konntest du denn nicht etwas früher kommen, wir haben eine ganze Stunde auf dich gewartet. Ich habe doch den Brief zeitig genug abgeschickt, wir haben dich gestern abend schon erwartet.«

Anna machte die Augen weit auf und starrte sie an. »Kind, sieh nicht so angstvoll aus; ich habe ja alles geschrieben, daß der Franz, der immer schwächlich war, plötzlich krank wurde. Wir haben gleich zum Arzt geschickt, aber der schüttelte von Anfang an den Kopf und gab keine Hoffnung. Am Donnerstag abend ist er eingeschlafen, und eben haben wir ihn begraben. Wir haben ihm ein schönes Begräbnis gegeben, denn er war brav und hat sich so gut geführt. Nur sehr schwächlich war er, er konnte nicht viel ausrichten. Der Doktor sagte, das müsse schon von früher her sein. Aber Kind, was ist dir?« rief sie, als Anna totenbleich auf den Stuhl sank. »Hast du denn den Brief nicht erhalten, hast du nichts gewußt?« Anna schüttelte nur den Kopf, sie konnte nicht sprechen, nicht denken, es war, als ob alles im Kreise mit ihr herumginge. Nun kam auch der Bauer hinzu. »Bring doch das arme Mädchen zu Bett, sie stirbt dir auch noch unter den Händen«, sagte er. Die Frau winkte einer Magd, sie griffen Anna unter die Arme und legten sie in der anliegenden Kammer auf ein Bett. Anna ließ alles willenlos geschehen, sie fühlte keine Kraft in sich. Die Bäuerin war eine gute Frau; sie setzte sich neben sie, strich mit der Hand leise über ihr Gesicht und sagte nur von Zeit zu Zeit: »Armes Kind!«

Nach einer Viertelstunde ermannte sich Anna so weit, daß sie fragen konnte: »Wußte er, daß er sterben würde?« – »Freilich wußte er's! Ach, und wie schön hat er gebetet, wie viel Sprüche und Lieder konnte er auswendig, das alles, sagte er, hätte er in Grüntal gelernt. Das muß eine gute Anstalt gewesen sein.« »Ja, und sie hat ihn dorthin gebracht, alles verdanken wir ihr!« schluchzte Anna. Die Bäuerin wußte nicht, wen sie meinte, wollte auch nicht fragen, da das Mädchen ganz erschöpft war. Sie beantwortete ihr nun in liebevoller Weise ihre Fragen nach dem Bruder, nach seiner letzten Krankheit, nach den letzten Stunden. Endlich erhob sie sich. »Ich glaube, ich kann jetzt«, sagte sie. »Was willst du, meine Tochter?« »Ich möchte – ich möchte sehen – wo Sie ihn hingebettet haben.« »Nicht eher, als bis du ein wenig Speise zu dir genommen«, sagte die Bäuerin. Sie brachte ihr einen Teller kräftiger Fleischsuppe vom Mittag und ruhte nicht, bis Anna gegessen. Dann reichte sie ihr den Arm und führte sie langsam nach dem Gottesacker, wo ein frisch aufgeworfener Hügel die Stelle bezeichnete. Nun brach der Jammer mit aller Macht los, sie warf sich auf den Hügel und rief: »Franz, Franz, warum hast du mich nicht mitgenommen, wir sind doch sonst immer zusammen gewandert. Wie gerne wäre ich mit dir gegangen!« Dann schluchzte und weinte sie so, daß auch der Bäuerin Tränen wieder flossen.

Endlich ermannte sich diese, sie richtete Anna auf und sagte: »Laß ihn in Frieden ruhen. Gott der Herr macht es immer gut, was er tut, das ist wohlgetan. Komm nur mit mir, ich will dir zu Hause noch von deinem Bruder erzählen, er hat auch etwas für dich hinterlassen.« Mit diesen Worten zog sie sie sanft vom Grabe fort und ging mit ihr dem Hause zu.

»Wenn du einige Tage von Hause fort sein darfst, so bleibst du bei uns. Erlaubt es deine Frau?« »Ich habe keine Herrin mehr«, sagte Anna traurig, »ich bin nicht mehr, wo ich war.« »Armes Kind«, sagte die Bäuerin wieder. Sie wußte wohl, daß Franz und Anna Waisenkinder waren, hatte auch gehört, daß Anna bei einer älteren Dame sei. Sie glaubte nun, ihr sei, wie es oft vorkommt, gekündigt, und forschte nicht genauer nach den Verhältnissen, was Anna sehr lieb war. Der Abend im Bauernhause blieb Anna stets im Gedächtnis, die Dienstboten waren alle so gut gegen sie, der Bauer zeigte auch sein Mitleid, indem er ihr in seiner derben Art Worte des Trostes sagte. Abgemattet an Leib und Seele, war sie sehr der Ruhe bedürftig, und als sie von der Bäuerin in ein oberes ruhiges Stübchen zu Bett gebracht war, da flossen zwar zuerst noch wieder schmerzliche Tränen, aber dann senkte sich der wohltätige Schlaf hernieder und sie vergaß für einige Stunden allen Kummer, alles Weh der letzten Tage.

Am andern Morgen erwachte sie von dem Klappern der Milchgefäße, vom Stampfen der Pferde, die von den Knechten angeschirrt wurden, und den lauten Stimmen der Mägde. Sie konnte sich gar nicht besinnen, was das zu bedeuten habe, endlich kam die Erinnerung alles Erlebten über sie. Sie zog sich schnell an und ging hinunter zur Bäuerin, ihr auch ihre Dienste anzubieten. »Du wirst wohl nicht zu unserer Arbeit taugen, meine Tochter«, sprach die Bäuerin, »aber mein Mann und ich haben schon gestern gesagt, wir wollen uns erkundigen, ob du vielleicht bei der

Herrschaft im Schlosse einen Dienst bekommen kannst, denn du suchst doch einen solchen, nicht wahr?« Anna sagte, daß sie sehr froh sein würde, wenn sie bald eine Stelle fände, sonst wolle sie nach Berlin gehen und dort etwas suchen. Die Bäuerin meinte, sie könnte bei ihr bleiben, so lange sie wolle.

Wehmütig war es Anna, als sie in des Bruders Kammer geführt wurde. Dort übergab die Bäuerin ihr sein Vermächtnis. Es war seine Bibel, sein Gesangbuch und sein Konfirmationsbuch. »Sagt der Anna«, waren seine Worte gewesen, »sie solle diese Bücher in Ehren halten, ich habe daraus gelernt, wie man gottselig leben und fröhlich sterben kann.« »Er ist so gern gestorben«, fügte die Bäuerin hinzu, »es war für uns alle erbaulich, sein Ende zu sehen. Der Herr Pfarrer sagt es selbst, es wäre eine Freude gewesen mit dem jungen Menschen. Und hier«, rief die Frau, »ist noch etwas. Sein zuletzt verdientes Geld sollte seine Anna haben, es werden elf oder zwölf Mark sein. Er gab mir die Adresse, wohin ich schreiben sollte, und das hab ich am Freitag gleich getan, obwohl mir das Schreiben sehr sauer fällt. Ich glaube, die Frau hieß Bruck.« »Frau Brok«, versetzte Anna sinnend. Sie dachte eben, was Frau Brok wohl gesagt zu dem Brief, ob sie ihn geöffnet habe, oder, weil er an Anna adressiert war, ungeöffnet hatte liegen lassen. »Die Sachen von Franz und was er sonst gehabt, verkaufen wir wohl am besten und aus dem Erlös -« »Setzen wir ihm einen Denkstein«, fiel Anna ein, »ich gebe dazu, was noch fehlt. Außer seinem Namen soll noch sein Konfirmationsspruch daraufstehen: ›Ich habe dich je und je geliebet, darum habe ich dich zu Mir gezogen aus lauter Güte.‹«

Als Anna am Abend vom Kirchhof kam, saß ein nettgekleidetes Mädchen bei der Bäuerin. »Anna, du sollst gleich aufs Schloß kommen, es ist ein schöner Dienst für dich in

Aussicht.« »Ja, vorausgesetzt«, sagte die Zofe, »daß Sie alles können, was von Ihnen verlangt wird. Es ist eine junge Frau bei uns zu Besuch, die sich aus hiesiger Gegend ein Mädchen nehmen will, wenn Sie also Lust haben, können Sie mich begleiten.« Anna blieb keine Wahl. Ihr lag alles daran, so bald wie möglich eine Stelle zu finden, sie ging also mit aufs Schloß, wo sie alsbald zur Herrin gerufen wurde. Die Freundin derselben war an einen reichen Gutsbesitzer in Posen verheiratet und hier einige Zeit zum Besuch gewesen. Sie sah sich das junge Mädchen von oben bis unten an. »Dies ist also das Mädchen, von dem Marie sagte. – Sagen Sie, mögen Sie denn so weit von Ihren Eltern fortgehen, ich wohne etwa vierzig Meilen von hier.« »Ich habe keine Eltern und Angehörige«, versetzte Anna. »Nun, dann ist es gut. Es ist mir um so lieber. Haben Sie schon gedient?« »Ich war immer bei einer alten Dame, die mich erzogen hat.« »Ach so, die für Kleider und Schulgeld gesorgt hat. Und nun, da Sie erwachsen sind, sollen Sie sich selbst etwas verdienen. Haben Sie denn ordentlich etwas gelernt? Können Sie waschen, bügeln, nähen und stopfen, können Sie Zimmer reinigen?« Anna konnte es der Wahrheit gemäß bejahen. »Die Bäuerin lobte sie ja sehr«, flüsterte die Schloßherrin, »mir gefällt das Mädchen, viel Auswahl hast du hier nicht, nimm sie nur.« »Ich will es mir bis morgen überlegen«, sagte die junge Frau. »Überlegen Sie es sich auch.« Aber schon am Abend ließ sie durch die Zofe Marie sagen, wenn Anna Lust habe, den Dienst anzunehmen, sollte sie sich bis Montag bereit halten.

Es kam alles schneller, als Anna gedacht, es war ihr nicht leicht, in die weite Ferne zu gehen. Doch hier bleiben konnte sie nicht, zurück mochte sie nicht, also blieb ihr nichts übrig, als die ihr gebotene Stelle anzunehmen. Frau Brok war es vielleicht ganz lieb, daß sie freiwillig gegangen war, da sie doch das Vertrauen zu ihr verloren hatte. Sie bat Gott, ihr zu vergeben, wenn sie Unrecht getan mit ihrer Flucht, Er solle sie segnen und ihr helfen, daß sie treu sein möchte an der neuen Stelle.

Die gute Bäuerin suchte noch manches hervor aus ihren Koffern, was Anna gebrauchen konnte, sie schenkte ihr Wäsche und Kleidungsstücke, da Anna vieles, was ihr gehörte, hatte zurücklassen müssen. Nachdem sie noch einmal an des treuen Bruders Grab gewesen, ging sie, begleitet von den Segenswünschen der braven Bauernfamilie, hinauf ins Schloß. Dort stand schon der Wagen zur Abfahrt bereit. Die Dame stieg ein, Anna mußte sich auf den Rücksitz setzen, und in raschem Trab fuhr man an die nächste Bahnstation, von wo es rastlos in die weite Welt hinausging.

8 Im Dienst

»Die Wildenhainer Anna ist das beste Mädchen, das ich je gehabt«, sagte Annas Herrin zu ihrer Schwiegermutter, nachdem sie das Mädchen fast drei Vierteljahre gehabt. »Heutzutage muß man sich soviel über die Mädchen ärgern, über Anna habe ich noch keine Klage zu führen gehabt.« »Um so mehr muß ich das Opfer anerkennen, welches du mir bringst, wenn du sie mir überlassen willst«, antwortete die alte Dame, welche das Gut ihrem Sohne abgetreten hatte und im Begriffe stand, mit ihren beiden Töchtern in die Stadt zu ziehen. »Ich würde das Mädchen auch niemand weiter überlassen als dir, liebe Mutter«, sagte die junge Frau mit liebevollem Blick. »Ist sie denn aber selbst damit einverstanden, mit mir nach Berlin zu gehen?« »Es scheint, als ob sie es sehr gern tut, denn sie sagte, sie freue sich, ihrer Heimat etwas näher zu kommen.« »Sie ist aus Wildenhain gebürtig?« »Das gerade nicht, sie stammt aus der dortigen Gegend, ich habe sie aber in Wildenhain gemietet, wo sie sich, wie ich glaube, bei Verwandten aufhielt. Sie hat nur für ihre Jugend etwas zu Ernstes; sie hat ja den einzigen Bruder verloren, aber darüber muß man doch wegkommen.« »Mir ist es gerade lieb, wenn ich ein ernstes Mädchen bekomme«, versetzte die alte Frau Scheller, »in Berlin ist die Versuchung so groß, und die Erfahrung, die ich mit meiner letzten Zofe gemacht, gehört nicht zu den besten Erinnerungen.«

Die junge Frau stellte Anna ein sehr gutes Zeugnis aus, und Frau Scheller war so froh, durch die Gefälligkeit ihrer Schwiegertochter zu einem ordentlichen brauchbaren Mädchen gekommen zu sein. Frau Scheller erinnerte Anna mitunter etwas an Frau Brok, doch hatte sie etwas milderes und freundlicheres in ihrem Wesen als diese. Die beiden Töchter waren feine Damen, die sich viel aufwarten ließen, aber im übrigen gut und wohlwollend gegen Anna waren. »Wir müssen dich nun ›Minna‹ nennen«, hatte Frau Scheller am ersten Tage ihres Einzugs in Berlin zu Anna gesagt, »denn da eine meiner Töchter deinen Namen hat, so könnten Verwechslungen entstehen.« – Für Anna gab es viel Neues in der Residenz, aber sie hatte einen schweren Dienst und viel Arbeit, so daß sie nur wenig Zeit übrig hatte, sich in der Stadt umzusehen. Sie hatte zu Vergnügungen keine Lust, Sonntags blieb sie am liebsten daheim oder machte mit dem Mädchen in dem oberen Stock einen Spaziergang. In der Woche vor Pfingsten rief Frau Scheller sie zu sich und eröffnete ihr, daß sie mit ihren Töchtern einer Einladung aufs Land in der Nähe von Berlin Folge leisten würde. Anna habe Erlaubnis, ihre Verwandten zu besuchen, und da sie so gutes Lob von ihrer Schwiegertochter habe, wolle sie ihr das Reisegeld schenken. Schon längst war es Annas Wunsch gewesen, das Grab ihres Bruders wiederzusehen; so beschloß sie, die freien Tage zu einer Reise nach Wildenhain zu benützen.

Die Bäuerin freute sich sehr, Anna wiederzusehen, sie fand sie noch gewachsen und frisch und blühend aussehend. Sie ging mit ihr auf den Kirchhof und zeigte ihr das schöne, geordnete Grab, mit Efeu umpflanzt. Ein schlichtes Holzkreuz trug den Namen und Konfirmationsspruch des Entschlafenen. Hier am Grabe war es, wo Anna Frau Wenzel fragte, ob denn Frau Brok gar nichts von sich habe hören lassen. Die Bäuerin dachte ein wenig nach. »Ja, wir haben so einen Brief da gehabt von der Dame. Sie schrieb nur kurz, sie habe den Brief an die Anna Münz geöffnet, da dieselbe von ihr gegangen und sie nicht wüßte wohin. Es täte ihr leid um den Franz, er sei jedenfalls der Bessere von den Zweien gewesen.« Anna errötete tief und die Bäuerin fuhr fort: »Ich sah es gleich, wie es war. Du hast wohl etwas gehabt mit der Dame? Dann hat man gleich üble Nachrede. Anna, gräme dich doch nicht«, als sie sah, daß Anna mit den Tränen kämpfte. »Du hast ja nun wieder eine gute Stelle, und in Berlin kannst du es noch zu etwas bringen. Ja, siehst du, das ist alles, was ich von der Dame weiß, hier gewesen ist sie nicht.« Anna schwieg, sie wußte nun deutlich, daß Frau Brok nicht nach ihr fragte.

Da sie acht Tage Urlaub hatte, so beschloß sie, ihre Freundin Susanne aufzusuchen, sie hatte ihr versprochen, einmal von sich hören zu lassen. Da sich zufällig eine Fahrtgelegenheit nach jenem Dorfe fand, so benutzte Anna diese gern, um ihr Vorhaben auszuführen. Susanne war herzlich erfreut und bat sie, einige Tage zu bleiben. Dies nahm Anna gern an, es war ihr wohl in dem kleinen Häuschen und bei dem jungen Mädchen, zu dem sie sich sehr hingezogen fühlte. »Morgen«, sagte Susanne, »muß ich zur Stadt, in S. ist Jahrmarkt, da darf ich nicht fehlen. Du kannst mitgehen, Anna, es ist nicht deine Heimat?« »Meine Heimat ist da, wo mein Bruder ruht, in Wildenhain«, sprach Anna traurig. »Ich habe keine Lust auf den Jahrmarkt zu gehen, aber begleiten will ich dich ein gutes Stück, der Weg ist mir wohl bekannt.« Susanne bedauerte, daß Anna nicht mitgehen wollte, aber sie meinte schließlich, es sei ihr auch ganz recht, wenn sie den Vater versorgen wolle. Das versprach Anna, und am andern Morgen früh machte Susanne sich auf. Anna gab ihr das Geleite. O, wie heimatlich ward ihr zumute, als sie in den wohlbekannten Wald kam, als sie wieder das Plätschern des Bächleins vernahm, an dessen Rand sie als Kind oft gesessen. Und da winkten ja wieder die blauen Blümlein, die Vergißmeinnicht, es war die Zeit zum Blühen.

Auf einmal tauchte ihr etwas in der Erinnerung auf. Sie rechnete nach – morgen war Frau Broks Geburtstag. Vor einem Jahr noch hatte sie versprochen, solange sie lebe, solle Frau Brok ihre Blumen haben. Und nun? Ja, sie sollte sie haben, niemand konnte sie daran hindern. Sie bückte sich und pflückte im Weitergehen immer mehr, bis sie einen großen Strauß zusammenhatte. »Was willst du denn mit den Blumen?« rief Susanne, die vorausgegangen war, »willst du sie dem Vater mitnehmen?« »Nein«, sagte Anna verlegen, »ich wollte dich um einen großen Dienst bitten.« »Soll ich sie dir etwa in der Stadt verkaufen?« fragte Susanne lächelnd. »Dann gib her, ich will sie auf dem Markt dem Meistbietenden überlassen.« »Nicht doch«, sagte Anna ernst, »ich wollte dich nur bitten, sie im Hause der Gartenstraße Nr. 4 erster Stock abzugeben, oder, am liebsten wäre mir's, wenn du sie irgendwo hinlegen könntest, daß sie gefunden würden, ohne daß du jemand zu sprechen brauchtest.« »Wie geheimnisvoll«, sagte Susanne und sah Anna forschend an. »Höre, Anna, ich habe dich nie gefragt, wo du herkommst oder wer du bist. Du hast mir gefallen und ich habe dich aufgenommen.« »Wenn du dies ausrichtest«, sagte Anna, »und du kommst morgen heim, will ich dir alles erzählen. Und nun: Glück auf dem Jahrmarkt!« – »Versorge du den Vater gut und die Ziege.« Die Mädchen trennten sich. Susanne ging der Stadt zu. Anna kehrte ins Dorf zurück, froh, daß sie ein Liebeszeichen hatte senden können der, die sie am meisten liebte auf der Welt, und traurig, daß sie nicht selber hineilen durfte und sagen: »Hier bin ich wieder.« Aber vielleicht – vielleicht brachte Susanne gute Kunde. Wenn sich das Geld gefunden, dann durfte sie ja wieder heimkehren.

Kaum konnte sie den andern Morgen erwarten. Als sie alles beschafft, was Susanne ihr aufgetragen, ging sie ihr entgegen. Sie begegnete mehreren Dorfleuten, die auch am gestrigen Tage zu Markt gewesen und, da der Weg weit war, eine Nacht bei Verwandten oder im Gasthof geblieben waren. Susanne war noch nicht zu sehen. Anna kam wieder bis in den Wald, da sah sie Susannes schlanke Gestalt zwischen den Bäumen auftauchen. Wie klopfte Annas Herz, als sie ihr entgegeneilte. Aber Susanne sah sehr ernst aus, gar nicht mehr so freundlich wie gestern. Anna streckte ihr die Hand entgegen und sah sie mit ihren großen, treuen Augen fragend an. »Ich wollte eigentlich böse tun«, sagte Susanne, »aber wenn du mich so ansiehst, kann ich's nimmer. Sag mir nur gleich, ob du die bist, die bei Frau Brok gewesen, und die davongelaufen, weil – sie ihr Geld genommen habe. Die Leute sagen es, ich hätte es auch beinahe geglaubt, aber nun ich dich sehe, glaub ich's nicht mehr.« »Susanne, wir sind hier im stillen Wald, ich will dir alles erzählen, du wirst dann sehen, ob du mir glauben kannst oder nicht.« Und nun fing Anna an zu berichten von allem, was Frau Brok an ihr getan, von frühester Kindheit an, nicht allein an ihr, sondern auch am Bruder, wie ihr Herz stets voll Dankbarkeit und Liebe gewesen, wie da der schreckliche Tag gekommen, an dem das Geld gefehlt und wie Frau Brok geglaubt, sie sei solcher Schlechtigkeit fähig.

Anna erzählte alles so wahrheitsgetreu, daß Susanne nicht einen Augenblick zweifelte an ihrer Aussage, aber dennoch schüttelte sie den Kopf, als Anna schwieg: »Ich kann alles verstehen«, sprach sie, »nur das eine nicht, daß du weggegangen bist. Besser unrecht leiden als unrecht tun. Du hättest mit noch größerer Treue Frau Brok dienen müssen und daneben Gott alle Tage bitten, daß Er die Wahrheit ans Licht brächte, das wäre schöner gewesen.« »Ich hab's auch schon mitunter gedacht, aber ich war so aufgeregt, ich hatte niemand, der mir zur Seite stand.« »Ich hätte es vielleicht auch nicht anders gemacht«, sagte Susanne sinnend, »aber ganz recht ist es doch nicht gewesen. Nun, es ist schwer wieder zurückzugehen, da die Geschichte noch immer nicht aufgeklärt ist.« »Hast du – hast du Frau Brok gesehen?« »Nein, ich habe keinen Menschen gesehen, ich war gegen Abend an der Haustür und fand sie verschlossen. Vorn wollte ich den Strauß nicht hinlegen, da bin ich ums Haus gegangen und hab ihn hinten vor ein Fenster gelegt, da wird die Dame ihn schon finden.« – »O, liebste Susanne, ich danke dir, das ist gerade, was ich auch getan hätte. Ob sie sich wohl freut, wenn sie die Blumen findet, ob sie wohl ahnt, daß sie von mir sind? Nun sage mir noch, wer hat dir das von Frau Brok und mir erzählt?« »Ich war neugierig zu wissen, wer in dem Hause wohnte, wohin ich die Blumen tragen sollte, und fragte meine Bekannte, bei der ich übernachtete, ob sie wüßte, wer Gartenstraße 4 wohne. Sie sagte mir darauf, daß, so lange sie denken könne, eine Frau Brok die Wohnung habe. Ich fragte sie, ob sie die Dame kenne, und erhielt zur Antwort: nur vom Ansehen, sie habe aber etwa vor einem Jahr viel von ihr reden hören. Sie habe ein Mädchen gehabt, der sie viel Gutes getan und dieselbe hat – sie bestohlen.« Anna wurde wieder dunkelrot, und Susanne sagte mitleidig: »Gräme dich nicht so, Gott der Herr wird schon alles wieder zurecht bringen. Und nun wollen wir laufen, daß wir heimkommen.« Anna ging still neben Susanne her, wie eine Bergeslast legte es sich wieder auf ihr junges Herz, daß sie nun völlig geschieden sei von ihrer Wohltäterin. Würde sie sie je wiedersehen? Susanne aber, das treue, ehrliche Mädchen, gewann sie von Herzen lieb, sie mußte ihr versprechen, über alles, was sie ihr anvertraut, zu schweigen. »Und du versprichst mir«, rief Susanne, »daß du mich jedesmal, wenn du in diese Gegend kommst, aufsuchst und etliche Tage bei mir bleibst.«

Mit schwerem Herzen trennte sich Anna von diesem Mädchen; sie hatte doch jemand gehabt, dem sie alles sagen und klagen konnte. Wie innig hatte sie teilgenommen, als sie ihr von dem Tode des Bruders erzählte.

Anna kehrte nach Wildenhain zurück, blieb dort noch einen Tag bei der guten Bäuerin, und dann zog sie schweren Herzens wieder in die Fremde. Der Bauer ließ sie bis zur Bahnstation fahren, von da hatte sie 4 – 5 Stunden Eisenbahnfahrt und kam wohlbehalten in der Residenz an. Sie fand die Damen schon eingetroffen. Es gab alle Hände voll zu tun, um die Wohnung wieder mit Hilfe einer Frau in Ordnung zu bringen. Es wurde Anna schwer, sich an den Gedanken zu gewöhnen, fortan bei fremden Leuten ihr Brot zu verdienen. Aber sie hatte sich ihr Los selbst gewählt und mußte aushalten. Im stillen hatte sie wohl gehofft, ihre Unschuld werde bald an den Tag kommen, und dann würde Frau Brok Schritte tun, sie wieder zu erlangen. Nun hatte sie im Gegenteil gehört, daß der alte Verdacht noch auf ihr ruhte und daß ihres Namens in der Stadt erwähnt wurde als einer Undankbaren. Aber diese Prüfung mußte ihr dazu dienen, immer demütiger zu werden, und immer treuer und gewissenhafter in der Ausübung ihrer Pflichten. Einmal, so hoffte sie, würde Frau Brok es doch glauben, daß sie ehrlich gewesen, und daß dieser Tag bald kommen möchte, war ihr tägliches Gebet.

9 Einkehr

Frau Brok hatte schwer zu tragen an Annas Fortgehen. Sie war jahrelang an sie gewöhnt, nun erst merkte sie, was sie an ihr gehabt. Anna war umsichtig, sie hatte es verstanden, Frau Broks kleine Wünsche und Eigenheiten zu beachten und auf dieselben einzugehen; sie fehlte ihr überall. Frau Sattler trat wieder in die alte Stellung, aber sie war älter und schwächer geworden, es konnte ihr nicht mehr viel zugemutet werden. Die Alte machte Frau Brok Vorwürfe, daß sie Anna überhaupt habe in Verdacht haben können. Frau Brok solle es ihr nicht übel nehmen, aber wenn sie sich gleich von vorneherein als Mutter zu dem Kinde gestellt hätte, dann hätte so etwas nicht vorkommen können. Frau Baum sei auch daran schuld, die habe das Mißtrauen zuerst geweckt. Wunderbar sei es ja mit dem Geldschein, aber es gehe mitunter merkwürdig zu in der Welt.

Andere Leute wieder redeten Frau Brok ein, es könne niemand anders das Geld genommen haben als das Mädchen, da sie die einzige gewesen sei, die das vordere Zimmer betreten habe in Frau Broks Abwesenheit. Selbst Werters konnten sich des Mißtrauens nicht enthalten. Jeder aber, der Frau Brok besuchte, wußte ein Beispiel zu erzählen von Unehrlichkeit der Mädchen, von Verschwinden und Unterschlagen des Geldes, von Betrug und Diebstahl, daß Frau Brok immer mehr dazu getrieben wurde zu glauben, daß Anna sie betrogen, daß sie das Leben bei ihr satt gehabt und in die Welt hinausgegangen sei, um mehr zu erleben, auch wohl mehr Freiheit zu genießen. Deshalb war ihr Herz in der ersten Zeit mit Groll und Bitterkeit erfüllt, und so kam es, daß der Brief mit der Todesnachricht von Franz, der an demselben Tage eintraf, nachdem Anna ihr Haus verlassen, gar nicht das Mitleid erregte, wie es sonst bei Frau Brok der Fall gewesen. »Es ist recht gut«, rief sie aus, »daß der Bruder nicht mehr erlebt, was für eine undankbare und unehrliche Schwester er hat; ich kann ihr den Brief nicht nachschicken, da ich nicht weiß, wo sie ist.« Sie legte den Brief weg, nachdem sie ihn, wie wir wissen, kurz beantwortet hatte. Als aber nach einigen Wochen mehr Ruhe eintrat, als das Gerede über Anna nachließ, als es einsamer um sie wurde, da erwachten in Frau Broks Herzen wieder die Erinnerungen an vergangene Zeiten. Sie sah vor sich den Silvesterabend, da sie die beiden Bettelkinder zuerst an der Tür hatte stehen sehen. Wie stolz war sie dann gewesen auf sich und ihr Tun, als sie sich beider angenommen und dafür gesorgt hatte, daß sie ordentliche, tüchtige Menschen wurden. Nun war der Knabe tot, das Mädchen trieb sich in der Welt herum. All ihr Tun kam ihr so vergeblich vor. Wenn Gott es nicht zu einem guten Ende brächte, sie vermochte es nicht. O, wenn Anna unschuldig wäre, wie lieb wollte sie sie dann haben, nein, sie hatte sie noch lieb; jetzt, da sie ihr genommen, erwachte die Liebe in voller Stärke; jetzt, da sie wußte, würde sie derselben äußerlich mehr Ausdruck geben können. Wenn doch Gott der Herr Annas Unschuld ans Licht brächte und ihr das Mädchen wieder zuführte. Sie betete täglich darum, und je mehr sie mit Gott über Anna redete und je weniger mit Menschen die Angelegenheit besprach, desto mehr Friede kam über sie. Sie wartete auf die Hilfe des Herrn. So verging das erste schwere Jahr.

Als sie am Geburtstagsmorgen das Fenster öffnen wollte, traute sie ihren Augen nicht, da lag der schöne duftige Vergißmeinnichtstrauß, für den Anna seit vielen Jahren treulich gesorgt hatte. Unwillkürlich rief sie laut Annas Namen, aber sie selbst war nicht da und kam nicht, wiewohl ein untrügliches, sichtbares Liebeszeichen von ihr dalag. Wer die

Blumen hingelegt, ob Anna selbst dagewesen, oder ob sie sie durch andere hatte bringen lassen, blieb ein Rätsel, es war trotz aller Nachforschungen nicht zu ergründen. Nur das glaubte Frau Brok annehmen zu dürfen, daß Anna nicht allzufern sei und daß es ihr eher gelingen würde, ihren Aufenthaltsort auszukundschaften. Freilich, wenn das Verschwinden des Geldes nicht aufgeklärt war, würde sich immer etwas zwischen sie stellen; wenn doch Licht in dieses Dunkel kommen möchte!

Der Sommer verging und es war wieder Herbst geworden. Das Laub fiel von den Bäumen; stürmische, regnerische Tage kündeten das Hereinbrechen der rauhen Jahreszeit. Frau Brok saß an ihrem Nähtisch mit einer Handarbeit beschäftigt und blickte trübe in das Wetter hinaus. Von Werters war lange niemand gekommen, Olga weilte bei ihrer verheirateten Schwester zum Besuch, Frau Werter war oft leidend und scheute den weiten Weg; von andern Bekannten sah Frau Brok wenig oder gar nichts. Sie fühlte die Einsamkeit mehr denn je. Da kam der Briefträger und brachte einen Brief. Frau Brok besah ihn von allen Seiten. Die Handschrift schien ihr bekannt und doch unbekannt. Sie zögerte etwas mit dem Aufmachen; endlich flog ein Ausdruck der Freude über ihr Gesicht. »Ist es möglich?« rief sie. »Sollte der Brief wirklich von meiner alten, längst vergessenen Jugendfreundin sein?« Wirklich, da stand der Name: »Deine treue Elisabeth.« Sie las nun: »Du hast mich gewiß längst vergessen, ich Dich nie. Wie ist es möglich, daß wir zwanzig Jahre und noch mehr vergehen lassen konnten, ohne uns zu schreiben! Ich bin schuld daran, denn ich war diejenige, welche zuerst aufhörte mit Schreiben; meine Familie nahm mich so in Anspruch, daß ich alle Korrespondenz aufgeben mußte. Nun sind die Kinder längst alle erwachsen, ich habe das Gut meinem Sohn überlassen und bin nach Berlin gezogen, wo ich mit meinen beiden Töchtern in einer gemütlichen Stadtwohnung lebe. Das aufreibende Leben in der großen Wirtschaft ließ mich nie zu der Ruhe kommen, die ich hier empfinde. Nun kommen die Gedanken mehr zur Sammlung; ich besinne mich auf eine alte, liebe, langjährige Freundin, mit der ich die schönsten Jugenderinnerungen gemein habe. Ich weiß nicht, ob mein Brief Dich noch trifft an dem alten Ort, wo Du als junge Gattin einzogst; ich weiß nichts von Deinen Lebensschicksalen. Gelangt mein Schreiben in Deine Hände und ist es Dir recht, wenn wir im Alter wieder die Jugendfreundschaft auffrischen, so schreibe mir bald wieder. Oder, liebe Freundin, mach Dich auf und komm selbst einmal nach Berlin in unser trautes Heim, es ist im Winter gar schön in der Hauptstadt. Wir können dann mündlich nachholen, was wir schriftlich versäumt. Schreibe bald« usw.

Lange saß Frau Brok vor dem Brief ihrer Elisabeth. Eine Träne schimmerte in ihren Augen. »Alte Liebe rostet nicht.« Das war ihre Elisabeth mit dem warmen Herzen und der treuen Gesinnung. Es war ihr oft schmerzlich gewesen, daß sie mit der Freundin ganz auseinander gekommen war, aber wie es so geht im Leben, einer läßt die Gelegenheit zum Schreiben vorübergehen, der andere auch. So kommt es, daß manche, die früher in Herzensfreundschaft verbunden waren, getrennt werden und nie wieder etwas voneinander hören, wenn nicht einer gewaltsam das Schweigen durchbricht und die alte Liebe und Treue auf einmal wieder aufersteht. Was von Herzen kommt, geht zu Herzen. Wie sollte es die einsame Frau nicht freuen, daß ein Herz für sie schlug, wenn auch in der Ferne. Am liebsten hätte sie sich aufgemacht und wäre nach Berlin gefahren; aber das war eine Reise von 4 – 5 Stunden, daran mochte sie gar nicht denken. Aber schreiben wollte sie ihrer Elisabeth, sobald sie konnte, und sie bitten, wieder in regelmäßigen Briefverkehr mit ihr zu treten. Der Brief hatte sie etwas von ihren trüben Gedanken abgezogen; schon am folgenden Tage schrieb sie wieder an ihre Elisabeth, erzählte ihr von ihren ersten Ehejahren, von den Leiden ihres Gatten, von seinem und ihres einzigen Töchterleins Tod. Sie versprach der Freundin, in den folgenden Briefen ihre fernere Lebensschicksale mitzuteilen und bat sie, das Gleiche zu tun. So kam der Winter heran, und das Weihnachtsfest rückte näher.

Eines Tages stand Frau Brok vor dem Schrank, in dem sie allerlei Reste von Kleiderstoffen, Flicken, Wolle u. dergl. aufbewahrte. Sie suchte verschiedenes heraus, um Weihnachtssachen für die Armen zu fertigen. Da – auf einmal fiel ihr etwas Rotes in die Augen, sie griff danach, es war einer der roten Wollknäuel, die das kleine Gretchen an jenem verhängnisvollen Tage gewickelt hatte, sie hatte die Wolle ganz vergessen. Nun sollte auch die kleine Wicklerin selbst Strümpfe davon haben. Gretchen war gerade zum Besuch bei der Großmama, sie sollte nicht abreisen ohne die neuen Strümpfe. Noch an demselben Abend machte sie sich an die Arbeit, und schon nach einigen Tagen war der erste Strumpf fertig, und der Knäuel neigte sich seinem Ende zu. Da kam eines der Nachbarskinder, die sie zuweilen besuchten. Das kleine Mädchen erzählte, daß sie für den Vater zu Weihnachten einen Waschlappen stricke, er sei beinahe fertig, aber sie möchte gern einen roten Rand herumhäkeln, habe aber keine Wolle. »Da nimm den Rest«, sagte Frau Brok und gab ihr, was sie vom Knäuel übrig hatte. Die Kleine hüpfte vergnügt davon und Frau Brok holte sich den zweiten Knäuel, um den andern Strumpf anzufangen. Als sie diesen nach etlichen Tagen auch bald fertig hatte, besuchte das kleine Gretchen sie. Das Kind war sehr erfreut, zu hören, daß die Tante die schönen Strümpfe für sie bestimmt habe.

»Wenn du warten willst«, sagte Frau Brok, »kannst du sie gleich mitnehmen, es fehlt nicht mehr viel«, Gretchen sagte, daß sie nicht warten dürfe, sie solle nur anfragen, ob es der Tante recht sei, wenn die Großeltern, die Mutter und Tante Olga am Abend kommen würden. Frau Brok war sehr erfreut darüber und lud das Gretchen ein, mitzukommen, wenn die Eltern es erlaubten.

Einige Stunden später finden wir eine fröhliche Gesellschaft um den großen, runden Tisch in Frau Broks Vorderstube bei der Lampe versammelt. Es wurde von Weihnachten gesprochen, und jedes der Anwesenden war mit einer Weihnachtsarbeit beschäftigt. Frau Brok spitzte eben den letzten Strumpf zu. »Fertig«, rief sie.

»O Tante«, rief Frau Meta, »schenke mir das Restchen Wolle; ich möchte um dies weiße Jäckchen meines Hannchens gern rote Zacken häkeln.« »Gern«, sagte Frau Brok und warf ihr die Wolle zu. Die junge Frau häkelte eifrig. »Wie abgemessen«, rief sie, »nun ist das Jäckchen fertig, und die Wolle ist aufgebraucht.«

Herr Werter, der neben ihr saß, hatte mechanisch das Papier, auf dem die Wolle gewickelt war, in die Hand genommen und löste es auseinander. Plötzlich wurde er aufmerksam, schlug mit der Hand auf den Tisch und sagte: »Liebe Frau Brok! Sie müssen eine reiche Dame sein! Das laß ich mir gefallen, Frau Brok wickelt ihre Wolle auf Fünfmarkscheine!« Sprachloses Erstaunen ringsum. »Ja nun sitzt ihr alle und staunt mich an«, rief Herr Werter. »Sieh her, Meta, hier hast du soeben die Wolle abgestrickt.« Er zeigte ihr ein kleines Zeitungsblättchen, in dem das Geld eingewikkelt war, beides war zusammengekniffen und hatte der Wolle als Unterlage gedient. Frau Brok war die erste, die wieder Worte fand. »Das ist«, rief sie »das ist – das verlorene Geld. O, meine Anna ist unschuldig.« Sie dachte einen Augenblick nach, dann sagte sie in großer Erregung: »Gretchen, du hast die Wolle gewickelt, wie bist du zu dem Gelde gekommen?« Gretchen stotterte ängstlich: »Tante, du hast mir das Papier gegeben!« Abermalige Verwirrung. Endlich rief Frau Brok: »Es waren ja zwei Knäuel, den ersten habe ich dir angefangen, aber den zweiten? Besinne dich, mein Gretchen, wie war es beim zweiten?« Gretchen dachte scharf nach, endlich sagte sie: »Den zweiten habe ich selbst angefangen, Hannchen hatte ein Papier in der Hand, das nahm ich ihr weg, ich habe es gar nicht weiter angesehen, ich meinte, es sei doppelt zusammengelegtes Zeitungspapier, und da habe ich schnell darauf losgewickelt.« »Da haben wir's«, rief Herr Werter, »das kleine Hannchen ist unbemerkt in die vordere Stube geschlüpft, das Kind ist ja wie ein Pfeil, hat den Geldschein vom Tisch genommen, und ist ebenso schnell damit zurückgekehrt, so daß Gretchen es gar nicht gemerkt hat.« »Nein, ich habe nichts gemerkt«, beteuerte Gretchen. »Sie wickelte immer ihre kleinen Bilder in Zeitungspapier, da hat sie es mit dem Schein auch so gemacht und hat ihn mir eingewickelt gegeben.« »Also meine beiden Enkelinnen sind an dem ganzen Unglück schuld«, sagte Herr Werter traurig, »es tut mir zu leid, liebe Frau Brok, strafen Sie den Großvater.« »Schaffen Sie mir die Anna zur Stelle, so soll alles vergeben und vergessen sein«, sagte diese.

Frau Brok klagte sich nun an, daß sie den falschen Verdacht gehegt, Frau Werter suchte sie zu trösten; Meta und Olga sprachen mit dem Vater darüber, wie man am besten Erkundigungen über das Mädchen einziehen könne, Gretchen aber sah ängstlich von einem zum andern, als erwarte sie noch von irgend einer Seite Schelte. So endete der ruhige, schöne Abend mit einer großen Aufregung. Frau Brok war natürlich am meisten ergriffen, sie war von dem einen Wunsch beseelt, Anna möchte aufgefunden werden, damit ihr Gerechtigkeit widerfahre. Sie wollten nun nicht nachlassen, bis sie eine Spur gefunden. Sie fand wenig Schlaf in dieser Nacht und bat Gott, der so weit geholfen, Er wolle weiter helfen und ihr das Pflegekind wieder zuführen.

Der folgende Tag war ein rechter Wintertag, es hatte stark gefroren und nun fiel der Schnee in dichten Flocken vom Himmel. Frau Brok stand am Fenster und sah traurig hinaus. Wäre Sommerwetter gewesen, so würde sie einen Wagen genommen haben und nach Wildenhain gefahren sein, dort hoffte sie am ersten etwas über Anna hören zu können; doch war es ja zweifelhaft, ob Anna dort gewesen, ob sie nicht vorgezogen, in eine große Stadt zu gehen.

Als sie auf die Straße hinaussah, bemerkte sie ein frisches, junges Landmädchen, das, in eine warme Kapuze gehüllt, mit einem Korb am Arm daher gewandert kam, plötzlich stehen blieb und das Haus ansah, als ob sie Bekannte darinnen hätte. Sie blieb unschlüssig an der Gartentür stehen, als ob sie überlegte, ob sie hineingehen sollte oder nicht. Endlich wählte sie das erstere. Sie kam langsamen Schrittes näher und klopfte bald bescheiden an die Tür. Frau Brok öffnete und sah das Mädchen fragend an. »Erlauben Sie, daß ich mich hier etwas vor dem Schneewetter berge. Es sah heute morgen so schön aus, daß ich den Weg unternahm, um allerlei Einkäufe in der Stadt zu machen, nun ist auf einmal Schnee gekommen.« »Sind Sie weit her«, fragte Frau Brok, »dann kommen Sie heute gar nicht zurück.« Das Mädchen nannte das Dorf und sagte, sie wolle die Nacht bei Verwandten bleiben, hier in der Stadt.

Frau Brok sah sie freundlich an. »Warum kehren Sie denn bei mir ein«, sagte sie lächelnd, »wenn Sie Verwandte in der Stadt haben, wäre es doch besser, Sie gingen gleich zu ihnen und machten es sich dort bequem.« Das junge Mädchen wurde verlegen und sagte: »Ich kam nur hierher – um zu sehen, ob – ich möchte gern wissen – ob sich die Sache mit der Anna aufgeklärt, ich wollte Sie bitten, liebste Dame, doch nichts Böses von ihr zu glauben. Ich kenne sie erst kurze Zeit und traue es ihr nimmer zu, daß sie Geld genommen.« »Kennen Sie meine Anna«, rief Frau Brok erregt, »was wissen Sie von ihr?« Sie lud das junge Mädchen zum Sitzen ein und ließ sich von Susanne erzählen, wie sie die Bekanntschaft von Anna gemacht und was sie sonst von ihr wußte. Frau Brok war glücklich, daß sie endlich jemand gefunden, der ihr Auskunft über Anna geben konnte. Sie glaubte, es wäre nun ein leichtes, das junge Mädchen wieder herbeizuschaffen; dem war aber nicht so. Susanne wußte nur, daß sie in der großen Stadt Berlin sei bei einer guten Dame. Den Namen derselben habe sie vergessen, sie wisse auch nicht, in welcher Straße sie wohne, aber wenn sie im Sommer komme, wolle sie mit ihr herkommen. Frau Brok meinte, das wäre viel zu lang, nun sie wisse, daß Anna in Berlin sei, wolle sie alles dran setzen, sie ausfindig zu machen, es koste, was es wolle. Sie dankte Susanne mit freundlichen Worten für die Auskunft und sagte, sie würde es ihr nie vergessen, daß sie bei ihr eingekehrt. »Ja«, sagte Susanne treuherzig, »als ich die Dame am Fenster stehen sah, mußte ich gleich an die Anna denken, ich konnte nicht anders, ich mußte zu Ihnen hineingehen und ein gutes Wort für die Anna einlegen. Nun bin ich froh, daß die Unschuld des Mädchens an den Tag gekommen ist.«

Als Susanne gegangen war, überlegte Frau Brok nicht lange. Die Jugendfreundin hatte so herzlich gebeten, sie in Berlin zu besuchen. Sie setzte sich hin und meldete sich für die nächste Woche an. Einmal dort, würde sie Mittel und Wege zu finden wissen, Annas Aufenthaltsort auszukundschaften. Frau Sattler war sehr erstaunt, als Frau Brok ihre Reisegedanken offenbarte, aber die alte treue Seele konnte es der Herrin nicht verdenken, daß sie das an dem Mädchen begangene Unrecht baldmöglichst gut zu machen trachtete. Nach einigen Tagen war die Rückantwort der Freundin da. Sie schrieb sehr erfreut über die Aussicht, Frau Brok bei sich zu sehen, und bat nur, den Besuch möglichst lange auszudehnen. Es sei zur Weihnachtszeit besonders hübsch in Berlin. So wurde zur Abfahrt gerüstet. Frau Sattler ging mit an die Bahn und sorgte dafür, daß Frau Brok mit Reisedecke und Fußsack und sonstigen warmen Sachen versehen war. Sie reichte ihr die alte Hand zum Abschied durchs Wagenfenster. »Gott behüte Sie«, sagte sie, »kommen Sie glücklich wieder mit Anna!«

10 Die Treue siegt

»Eben habe ich einen Brief von meiner Jugendfreundin Hedwig erhalten«, sagte Frau Scheller eines Tages zu ihren Töchtern; »sie hat sich endlich entschlossen, mich einmal zu besuchen, ich freue mich, daß ihr sie nun auch kennenlernt.« – »Als wir Kinder waren, hast du uns viel von Tante Brok erzählt, Mutter«, meinte Anna, die ältere. »Nicht wahr? Deine Freundin ist sehr pedantisch, du sagtest uns, man dürfe nichts anrühren bei ihr, müsse sich in acht nehmen, daß man nichts in Unordnung bringe, müsse sich die Füße sehr putzen!« »Ja, pedantisch ist Tante Brok, aber sonst gut und treu«, versetzte die Mutter. »Ich freue mich unendlich auf das Wiedersehen.«

»Minna«, rief sie dem Mädchen zu, welches in der andern Stube die Fenster putzte, »Minna, du mußt das Gaststübchen in schönste Ordnung bringen, wir bekommen am Dienstag Besuch von einer Dame, welche sehr eigen ist, es muß alles blitzen und funkeln.« Minna antwortete bescheiden, daß sie alles wohl ausrichten werde. Sie glühte wie eine Rose, aber niemand achtete darauf. Wie konnte auch die Herrschaft ahnen, welche große Teilnahme sie an dem Besuch nahm, der in Aussicht stand. Hatte sie doch schon neulich aufgehorcht, als von Frau Brok in S. die Rede war. Sie hatte bald gemerkt, daß sie eine Freundin von Frau Scheller war und daß die Damen, die jahrelang außer Verkehr gewesen, in letzter Zeit wieder angefangen hatten, in Briefwechsel zu treten. Daß aber Frau Brok, die ihres Wissens nie verreist war, nun zur Winterszeit eine Reise nach Berlin unternehmen wollte, setzte sie in großes Erstaunen; daß es gerade zu Frau Scheller sein mußte, erschreckte sie. Was sollte nun aus ihr werden? Sobald Frau Brok sie erkennen würde, würde sie den Damen von dem Verschwinden des Geldes erzählen, dann würden Frau Scheller und ihre Töchter auch Mißtrauen zu ihr fassen und sie mußte weiter wandern. Jetzt half es aber nichts, sie mußte über sich ergehen lassen, was da komme; sie wollte sich so unsichtbar wie möglich machen, so daß Frau Brok sie gar nicht gleich erkennen sollte. Gerufen wurde sie Minna, das war in diesem Falle auch gut. Und doch – auf der andern Seite freute sie sich, das geliebte Angesicht ihrer Herrn bald wiederzusehen.

Sie ließ sich ihrer Herrschaft gegenüber nichts merken; diese staunte nur, mit welchem Eifer und welchem Geschick sie die Gaststube in Ordnung brachte, wie sie nicht ruhte und rastete, bis alles sauber und blank war, wußte sie doch am besten, wie Frau Brok es gern hatte, ja, sie wollte ihr alles so machen, wie sie's daheim gewohnt war, sie sollte keine Bequemlichkeit entbehren. Sie bat Frau Scheller um dieses und jenes, was noch fehlte, so daß diese zu ihren Töchtern sagte: »Es ist gerade, als ob die Minna jemand erwartet, den sie lieb hat, sie denkt mehr an alles, als ich.« »Ja, es ist ein gutes Mädchen«, versetzte Marie, »so eine haben wir noch gar nicht gehabt.«

Nun war der Dienstagabend gekommen. Da der Bahnhof, an welchem Frau Brok ankommen sollte, sehr nahe der Wohnung lag, so beschloß Frau Scheller, die Freundin mit den Töchtern selbst abzuholen. Minna sollte mitgehen, und der Dame die Tasche tragen. Annas Herz klopfte hörbar, als sie auf dem Bahnhof standen, des Zuges harrend. Jetzt brauste er heran. Als er hielt, sahen die Damen ratlos von einem Abteil ins andere, Annas Augen hatten längst die geliebte Frau Brok entdeckt. Da stand sie in der offenen Wagentür, mit der Reisetasche in der Hand. Anna winkte den Damen und lief schnell auf Frau Brok zu, nahm ihr die Tasche aus der

Hand und half ihr aussteigen. Frau Brok sah mehr auf die heraneilenden Damen als auf die helfende Magd, welche sich die Kapuze möglichst weit ins Gesicht gezogen hatte und sich damit beschäftigte, die Reisedecke und den Fußsack aus dem Wagen zu holen.

Die Begrüßung mit den Damen, besonders mit ihrer Elisabeth, war herzlich; sie nahmen Frau Brok in ihre Mitte und ließen Minna mit den Sachen folgen. Wie klopfte dieser das Herz, als sie ihrer Wohltäterin so nahe war und durfte sie nicht begrüßen. Sie gingen durch die hellerleuchteten Straßen und waren nach zehn Minuten zu Hause. Eine warme, gemütliche Wohnung nahm sie auf. »Nun machst du es dir hier bequem«, rief Frau Scheller, »wir lassen dich fürs erste nicht fort.« Wie wohl tat es Frau Brok, sich von Liebe umgeben zu sehen; die angenehme Häuslichkeit, der zierlich gedeckte Teetisch, alles machte einen so heimischen, freundlichen Eindruck.

Von dem eigentlichen Zweck ihres Kommens wollte Frau Brok heute noch nicht reden, dazu war am morgigen Tage auch Zeit; heute wollte sie nur der Freundschaft mit ihrer Elisabeth leben. Die beiden Freundinnen saßen zusammen auf dem Sofa, während die Töchter den Tee besorgten und die älteren Damen bedienten. Das Mädchen ging ab und zu und brachte alles Erforderliche, setzte es auf den Tisch an der Tür und verschwand dann wieder. »Minna hält sich heute ganz im Hintergrund«, sagte Anna, »sie läßt sich gar nicht sehen.« Frau Brok sah auf. »Ich meine unser Mädchen, Tante; wir haben nämlich eine Musterzofe, die wir immer behalten möchten.« Über Frau Broks Gesicht flog ein wehmütiger Zug, doch sie sagte nichts. »Ja«, fuhr Frau Scheller fort, »das Mädchen verdanke ich meiner Schwiegertochter. Als ich im Sommer großen Ärger mit einem Mädchen gehabt hatte und im Begriff stand, hierher zu ziehen, bot sie mir diese an, weil sie meinte, sie würde gut für mich passen.« Und nun rühmte sie die vortrefflichen Eigenschaften ihrer Minna, und wie dieselbe eine gute Erziehung gehabt haben müsse usw.

Als der Tee vorüber war, begaben sich die Damen ins andere Zimmer und Minna erschien, um abzuräumen. Frau Brok sah durch die halbgeöffnete Tür Minnas Gestalt hin- und hergehen, das Mädchen erinnerte in ihrer Erscheinung an Anna, nur war sie größer und stärker als diese. Sie wäre gern noch einmal ins andere Zimmer zurückgegangen, doch es gab jetzt andere Sachen zu besprechen; die langjährig getrennten Freundinnen hatten sich so unendlich viel zu erzählen, daß sie kein Ende finden konnten, bis endlich Frau Scheller meinte, Frau Brok müsse nun zur Ruhe, da sie von der Reise erschöpft sei. Sie brachte sie selbst in das behaglich warme, schön ausgestattete Fremdenzimmer. Als Frau Brok ihre Freude aussprach, wie freundlich und glänzend alles sei, sagte Frau Scheller lachend: »Ja, Minna hat mit großem Eifer das Putzen und Reinigen dieses Zimmers betrieben.« – »Minna heißt dein Mädchen?« fragte Frau Brok. »Eigentlich Anna«, war die Antwort, »aber da wir eine Anna in der Familie haben, so nennen wir sie Minna.« Nun wünschte Frau Scheller ihrer Freundin eine gute Nacht und ging.

»Eigentlich heißt sie Anna«, diese Worte gaben Frau Brok viel zu denken, ebenso die Erscheinung des Mädchens am Bahnhof. Es war jemand auf sie zugekommen, hatte ihr die Tasche abgenommen und sie angesehen mit einem Blick, der ihr wohlbekannt war. Aber das Wiedersehen mit der Freundin hatte alles, was sie sonst bewegte, in den Hintergrund gedrängt. Sie hatte ja auch das Mädchen noch nicht wirklich in Augenschein genommen, zudem waren ihre Nerven erregt, sie bildete sich vielleicht ein, die gesehen zu haben, nach der ihr Herz verlangte. Sie begab sich zur Ruhe. Bildete sie sich das auch ein, daß alles lag und stand, genau wie sie es gewohnt war? Sie hatte ihre Eigenheiten mit dem Bett; die Kissen und Decken lagen alle nach Wunsch, das Tischchen war so gerückt, wie sie es gewohnt war, auch der Stuhl stand, wie sie es gerne hatte. Sie schüttelte den Kopf, und die Gedanken ließen sie lange nicht zur Ruhe kommen. Endlich überwältigte sie doch die Müdigkeit und sie erwachte erst an einem leisen Knarren der Tür.

Ein junges Mädchen kam mit der Lampe herein, ging leise an den Ofen, kniete dort nieder und zündete schnell mit einem Streichhölzchen das schon am Abend im Ofen zurechtgelegte Holz an. So liebte es Frau Brok, so hatte sie Anna gewöhnt, damit kein Geräusch beim Einheizen die Schlafende störte. Frau Brok tat, als ob sie schliefe, beobachtete aber das junge Mädchen scharf. Es war ihre Anna, es konnte kein Zweifel sein. Jetzt wendete sie sich um und näherte sich dem Bett. Nun kniete sie davor und drückte leise, ganz leise einen Kuß auf Frau Broks herabhängende Hand. Dann richtete sie sich schnell auf und wollte entfliehen, da faßte dieselbe Hand sie fest und eine Stimme rief »Anna«, mit einem Ton mütterlicher Liebe, wie Anna ihn nie gehört. »Anna, mein Kind, habe ich dich endlich wieder!« Anna warf sich vor ihr Bett und schluchzte heftig. Frau Brok streichelte ihr die Wangen, sagte, daß ihre Unschuld an den Tag gekommen, daß es ihr sehr leid sei, sie in falschem Verdacht gehabt zu haben. »Ich muß um Vergebung bitten«, rief Anna, »daß ich Sie verließ, ich hätte bleiben müssen und still das Unrecht leiden.« »Wir haben beide gefehlt«, sagte Frau Brok, »der Herr unser Gott hat alles wohlgemacht, Ihm wollen wir danken, daß er uns so wunderbar zusammengeführt hat, daß Er mir meine Reise und das Suchen so leicht gemacht hat.« Während sie dies sagte, hielt sie Annas Hände fest in den ihrigen. Dann schloß sie ihr wiedergefundenes Kind zärtlich in ihre Arme; es schien, als wollte sie die ganze Fülle ihrer mütterlichen Liebe, die sie dem Mädchen äußerlich bisher vorenthalten hatte, nun über sie ausschütten.

Sie erzählte Anna, daß sie die Reise nur ihretwegen unternommen habe, sonst würde sie im Winter nicht daran gedacht haben. Anna berichtete ihrerseits die Erlebnisse und mußte sich immer wieder wundern, daß sie gerade zu der Freundin der Frau Brok gekommen. So gab ein Wort das andere, bis Anna, eingedenk ihrer Pflichten, davonging mit dem Versprechen, später wiederzukommen und Frau Brok beim Anziehen behilflich zu sein. Diese aber fand keine Ruhe länger; sie erhob sich von ihrem Lager, glücklicher, als sie seit langem gewesen. Es gab ein großes Staunen und Verwundern, als sie beim Kaffeetisch ihre Erlebnisse mit Anna erzählte. Frau Scheller meinte, sie habe es dem Mädchen immer angemerkt, daß sie eine andere Erziehung gehabt habe als die gewöhnlichen Dorfmädchen, aber Anna habe nie über ihre Vergangenheit gesprochen, und ihre Schwiegertochter habe gesagt, sie habe sie aus dem Dorfe Wildenhain mitgebracht, wo sie bei einer Freundin zum Besuch gewesen. Als Frau Brok den Namen des Dorfes hörte, war alles aufgeklärt.

Nun kam die dringende Bitte an die Freundin, ihr Anna sobald als möglich zu überlassen. Es wurde Frau Scheller schwer, aber sie mußte einsehen, daß das Mädchen Frau Broks unbestrittenes Eigentum sei, daß sie ältere Anrechte an Anna hätte als sie. Alle Bitten, Frau Brok möchte das Weihnachtsfest in Berlin verleben, waren vergebens, sie sehnte sich nach ihrem eigenen Heim. Es wurde beschlossen, Anna sollte gleich nach Weihnachten, sobald sich ein Ersatz gefunden, ihr folgen, um sie nie zu verlassen. Groß war das Erstaunen der alten Sattler und der Freunde, als sie hörten, daß Frau Brok durch eine wunderbare Fügung Gottes ihre Anna so bald wiedergefunden. Jeder gönnte ihr die Freude, mit dem Kinde, das sie sich erzogen, wieder vereinigt zu sein.

Und als es sich so fügte, daß Anna gerade am Silvesterabend in der Dämmerung bei ihr eintraf, da wurde sie nicht, wie an jenem ersten Silvesterabend, da sie zuerst das Haus betrat, mit einem barschen »Fort, nach Hause« angefahren, nein, mit herzlicher Umarmung begrüßte Frau Brok ihr Pflegekind und räumte ihr völlige Kindesrechte ein, indem sie ihr erlaubte, sie künftig mit dem Mutternamen zu benennen. Das war Annas größtes Geschenk; schon als Kind hatte sie es sich als etwas Schönes, aber Unerreichbares gedacht, wenn sie zu der Dame, die sie so liebte und verehrte, »Mutter« sagen dürfte. Mit diesem Namen zog völlige Liebe und völliges Vertrauen in die Herzen.

Am Abend erzählte Anna der Pflegemutter von dem seligen Sterben ihres Bruders und sagte ihr, daß auch er alles, was aus ihm geworden, der Frau Brok verdankte, das habe er noch auf seinem Sterbebett bekannt. So war Frau Broks Arbeit und Mühe an den armen Waisenkindern nicht vergebens gewesen. Aber die Prüfung hatte sie gelehrt, daß das Werk, das sie in großer Schwachheit mit viel Verkehrtheiten begonnen, allein durch Gottes Gnade und Seine Hilfe einen gesegneten Ausgang genommen. So ist nun weder der da pflanzet, noch der begießet, etwas, sondern Gott, der das Gedeihen gibt. Aber den Aufrichtigen läßt es Gott gelingen. Anna hing in unwandelbarer Treue an ihrer Pflegemutter, sie tat, was sie ihr an den Augen absehen konnte, und diese bewies ihr ein Vertrauen, wie es Eltern zu Kindern haben. Annas Konfirmationsspruch aber stand ihr immer im Herzen geschrieben: »Der Herr behüte dich vor allem Übel, Er behüte deine Seele.«

Was Christine bei ihrer Herrschaft erlebt

Ursprünglich war ich nicht zum Dienen bestimmt. Meine Eltern waren wohlhabende Leute. Sie hatten ein Schnittwarengeschäft, und ich genoß eine gute Schulbildung, um später die Schreibereien für meinen Vater besorgen zu können. Nebenbei wurde ich von der Mutter im Haushalt unterwiesen und mußte alles mit angreifen. Als ich aus der Schule war, half ich morgens der Mutter in der Küche und im Garten, nachmittags war ich des Vaters Schreiber und sein Rechenmeister. Der Lehrer hatte oft gesagt: »Christine, du hast einen guten Kopf und schreibst eine saubere Hand; aus dir kann etwas werden.« Und heute, nach Jahren, da ich dies schreibe, bin ich nicht *mehr* als eine *Stütze der Hausfrau.* Das ist so zugegangen: meine Eltern hatten ihr Vermögen verloren und konnten mit ihrem kleinen, bescheidenen Laden nicht aufkommen gegen die Großhändler. So haben sie das Geschäft aufgegeben. Was sie daraus gerettet, reichte eben hin, sie vor Not und Mangel zu schützen.

»Christine! Du mußt dir deinen Lebensunterhalt bei fremden Leuten verdienen!« sagte mein Vater kürzlich zu mir. Da trat die Mutter ein und erzählte, daß sie eben der jungen Pfarrerin begegnet sei und daß diese gefragt, ob sie nicht ein älteres, treues Mädchen wisse, die als Stütze in ihr Haus kommen möchte, die überall nach dem Rechten sähe und den Haushalt und die Gartenarbeit verstände. Sie solle mit zur Familie gerechnet werden, müsse sich aber aller Arbeit unterziehen, da keine Magd im Hause sei. Der Vater sah mich freundlich forschend mit seinen klaren, treuen Augen an und sagte: »Nun, Christine, wie denkst du darüber?« Ich antwortete, daß es mir unerwartet komme, aber abgeneigt sei ich nicht, den jungen Pfarrersleuten zu dienen, die sich schon im Städtchen allgemeine Liebe erworben hatten. – Es gab einen kleinen Kampf mit der Mutter. Sie hätte ihre Tochter am liebsten bei sich behalten; es ward ihr schwer, mich in ein dienendes Verhältnis eintreten zu sehen. »Ich halte das *Dienen* für ein köstlich Ding«, sagte mein Vater. »Heutigestags will niemand mehr dienen, alles strebt höher hinaus. Und doch sollten wir, eingedenk der Worte unseres Heilandes: ›So nun Ich, euer Herr und Meister, euch die Füße gewaschen habe, so sollt ihr auch euch untereinander die Füße waschen‹, gern einander untertan sein und dienen. Im Dienen lernen wir die schwerste, aber die schönste aller Christentugenden, die Demut, und den Demütigen gibt Gott Gnade. Also ist der dienende Stand ein gar lieblicher und schöner, wenn's von außen auch gar nicht so scheinen will. Du kannst äußerlich die geringste Arbeit tun und innerlich eine geschmückte Braut des Herrn sein. ›Es glänzet der Christen inwendiges Leben.‹«

Ich mußte dem lieben Vater im Herzen recht geben, wie ich denn alles, was er sagte und tat, mir wohl einprägte. Auch die Mutter gab sich zufrieden. Und als die Frau Pfarrer noch einmal mit ihr gesprochen und ihr gesagt hatte, wie sie mich, wenn ich treu sei, werthalten und für mein gutes Fortkommen sorgen wollten, da wurde es als eine ausgemachte Sache angesehen, daß ich die folgende Woche ins Pfarrhaus gehen sollte. Ich bin nicht mehr jung, 34 Jahre alt; aber es ist ja ein älteres Mädchen erwünscht, da es im Haus und Garten viel Arbeit gibt und überdies jemand im Hause sein muß, dem Vertrauen geschenkt werden kann.

So, von den Segenswünschen der Eltern begleitet, trat ich meine Stelle an. Ich brauchte keine Reise zu machen, die Herrschaft wohnte ja in demselben Städtchen, in welchem meine Eltern lebten, so lange ich denken kann. Es war ein milder Frühlingsabend, als ich meinen Einzug hielt. Die Vöglein sangen und zwitscherten in den Linden vor dem Hause, dazwischen tönte das Abendläuten vom Kirchlein. Drinnen im Wohnzimmer wurde Klavier gespielt. Ich kannte das Lied von der Schule her, es hieß: »Befiehl du deine Wege.« Das paßte gerade auf mich. Ich blieb still an der Tür stehen, bis die Töne verklungen waren; dann klopfte ich bescheiden. Jugendliche Schritte kamen auf die Tür zu, die junge Frau öffnete und rief: »Ach, Sie sind es! Heinrich, unsere Stütze, Fräulein Christine ist da!« Der junge Pfarrer, der noch am Klavier saß und einige Akkorde spielte, stand auf, reichte mir seine Hand und sagte: »Gott segne Ihren Eingang!« Ich bat, mich nicht »Fräulein« und »Sie« sondern »du« zu nennen, ich sei es von den Eltern so gewohnt; es würde mir das fremde Haus heimatlicher machen. Der Pfarrer reichte mir wieder seine Hand und sagte: »Wie du willst, Christine! Ich denke, wir Drei werden wohl miteinander fertig werden.«

Ach, wer sollte sich nicht glücklich fühlen bei so lieben, sanften, herzensguten Leuten? Ich kann es mir gar nicht besser wünschen. Ich habe meine Arbeit, denn es gibt außer den häuslichen Dingen einen Garten in Ordnung zu halten, auch Federvieh zu besorgen; doch habe ich reichliches Essen, freundliche Behandlung, kann alle Sonntage in die Kirche gehen und abends meine Eltern besuchen. An den Sonntagnachmittagen habe ich viel freie Zeit, ich habe mir vorgenommen, alles, was ich mit meiner Herrschaft erlebe, aufzuschreiben. Ich war immer die oberste in der Schule und der Lehrer hat meine Handschrift gelobt. Da er ferner gesagt hat, ich habe einen guten Kopf zum Lernen und sei in der richtigen Auffassung vielen über, warum soll ich diese Gaben ruhen lassen? Wenn ich in der Woche meine Arbeit getan habe, kann ich mir Sonntags das Vergnügen machen, ein wenig von meinen Erlebnissen aufzuschreiben. Ich denke, ich werde in diesem Hause, in dem Glück, Friede und Freude herrscht, recht viel Schönes erleben.

Sonntag, den 10. Mai 1849.

»Die Welt ist doch schön«, sagte gestern meine Herrin zu ihrem Mann, als sie miteinander in der Jasminlaube saßen und sich des erwachenden Frühlings freuten. Frau Pfarrer sprach es mir aus dem Herzen; denn ich dachte es gerade auch, als ich beim Wegereinigen im Garten war. Solche Arbeiten tue ich gern am Sonnabend, es wird alles auf den Sonntag vorbereitet, und es liegt schon in der Natur eine gewisse feierliche, sabbatliche Stille. Erst hatte die Frau Pfarrerin mir geholfen, aber sie ist zart und fein und kann anhaltend solche Arbeiten nicht aushalten. Darum war es gut, daß der Herr Pfarrer kam und sie zu einem Plauderstündchen in der Laube abholte. Ich arbeitete ruhig weiter, nur ab und an ruhte ich eine Weile und lauschte auf den Gesang der Nachtigall, die sich seit einigen Tagen im niedrigen Gebüsch am See eingenistet hat. »Ja, die Welt ist schön«, dachte ich auch; denn obwohl ich mich nicht solchen irdischen Glückes rühmen kann, wie die Zwei dort in der Laube, bin ich innerlich doch so glücklich, wie nur ein Menschenkind sein kann. Ich freue mich meiner Gotteskindschaft durch Christum, und wer das erfahren, hat so volle Genüge, daß er nur das an irdischen Gaben mag, was ihm von Gottes Hand zuerteilt wird. Alles andere entbehrt er nicht. »Die Welt ist schön«, hörte ich den Herrn Pfarrer sagen, »aber noch schöner wird das neue Jerusalem sein mit seinem ewigen Frühling.« Er sprach noch mehr von der neuen Erde und ihrer Herrlichkeit, und ich ließ meine Hacke noch ein wenig ruhen, um ihm zuzuhören. Der Herr

Pfarrer weiß alles gleich aufs *Himmlische* zu beziehen, und das ist der jungen Frau sehr lieb, denn sie hat einen frommen Sinn und ist ein demütige Magd des Herrn. Sie sitzt gern wie Maria zu Jesu Füßen und hört seiner Rede zu.

Heute habe ich es auch tun können. Ich war in der Kirche und hörte Herrn Pfarrer Buße und Glauben verkündigen. Seine Art wirkt auf die Hörer, man kann viel mit nach Hause nehmen. Die Gemeinde ist glücklich, daß sie sich einen solchen Pfarrer erwählt hat. Er ist kräftig und gesund, und wenn er in seiner Kraft und Fülle auf der Kanzel steht und mit gewaltiger Stimme das Wort Gottes erschallen läßt, dann ist alles mäuschenstill. Das ist der beste Beweis, daß die Rede die Herzen trifft.

Was es mir aber hernach für eine Ehre ist, wenn ich den Herrn Pfarrer bedienen kann, das wird sich jeder denken. Wir halten auf ein kräftiges Mittagsbrot, vorzüglich Sonntags, bereiten aber vieles schon am Sonnabend vor, damit wir alle am Gottesdienst teilnehmen können.

10. Sonntag nach Trinitatis

Ich habe es aufgegeben, jeden Sonntag meine Erlebnisse aufzuschreiben. Ich bin ja nur ein einfaches Mädchen und keine Gelehrte; auch merke ich, daß es mit dem Schreiben nicht so schnell geht wie mit dem Denken. Sodann gibt es oft andere Pflichten und »Pflicht geht immer *vor* Vergnügen«. In den Wochentagen haben wir immer viel Arbeit gehabt. Erst wollten die Sämereien im Garten besorgt sein, dann kam Wäsche, dann Besuch; ich weiß nicht, wo die Wochen geblieben sind. Aber vergangen sind sie und kehren nicht wieder, wenngleich die jungen Leute die erste Zeit des stillen Glückes für immer hätten festhalten mögen. Tage des Sonnenscheins sind es, licht und hell sieht alles aus. Ich glaube, es gibt auf Gottes Welt nicht noch zwei Menschenkinder, die so fröhlich und glücklich miteinander sind. Sie sind unzertrennlich, keins kann lange ohne das andere sein. Einmal, im Juni, ist die Zeit der stillen Glückseligkeit durch achttägigen Besuch unterbrochen worden. Meine Herrin rief mich eines Morgens und sagte mit glücklichem Lächeln: »Christine, wir bekommen Besuch, viel Besuch: meine Schwester und mein Schwager kommen, ihre fünf Kinder bringen sie mit.«

Wir machten miteinander die Fremdenzimmer zurecht; viel Betten hat Frau Pfarrer von daheim mitbekommen, aber nun kostete es doch Kopfzerbrechen, für alle Kinder ein Lager herzurichten. Es ging aber, und als die Gesellschaft kam, wurde unser stilles Haus der Tummelplatz von vier Jungen. Das älteste der Kinder war ein Mädchen und hieß Charlotte. Die Mutter der Kinder war eine muntere, lebensfrohe Frau, sie lachte und plauderte den ganzen Tag und sang durchs Haus, während meine Herrin gewöhnlich still und in sich gekehrt ist und eine sanfte, gelassene Gemütsart hat. Auch sind sie äußerlich ganz unähnlich, meine Frau ist blond, die Schwester brünett. Die beiden Pastoren waren ein Herz und eine Seele. Sie hatten viele gelehrte Dinge vor, aber abends spielten sie mit den Jungen. Mir gefiel das Charlottchen am besten: es kam wohl daher, weil dies Kind sich am meisten an mich anschloß. – »Christine, gibt's nichts zu helfen?« – »Jawohl«, rief ich, warf ihr ein Tellertuch über die Schultern, und flugs begann sie die Teller und Schüsseln, die ich eben gespült, zu trocknen. Sie wußte gleich, wohin alles gehörte, und war mir eine wirkliche Hilfe. Sie sah immer gleich, wo es fehlte, und dabei war sie so gescheit, konnte so viele schöne Sprüche und Gedichte, daß ich glaube, es wird noch etwas Tüchtiges aus ihr. Charlotte half mir auch Obst pflücken und deckte den großen Mittagstisch, sie half beim Bettenmachen und lief treppauf, treppab. Wenn ihre Mutter kam und wollte mit angreifen, dann hieß es: »Nein, Mütterchen, du sollst Tante Magdalene jetzt genießen, Fräulein Christine und ich werden schon alles besorgen.« Sie ist so selbstlos und wird gewiß einmal ein rechter Segen für ihre Umgebung werden. Ich bin nicht so und mußte mich von dem Kinde beschämen lassen. Gerade an dem Sonntag, als die vielen Besuche hier waren, sollte ich zu meinen Eltern kommen, um den Geburtstag des Vaters mitzufeiern. Meine Herrin konnte mich nicht entbehren, und wenn ich auch äußerlich nicht murrte, brummte ich innerlich und tat die Arbeit nicht mit Freuden. Es hat mir aber leid getan und soll nicht wieder vorkommen.

Nun ist es längst wieder still bei uns, heute ist es ganz still um mich her. Herr Pfarrer ist zu einem Kranken gegangen, und Frau Pfarrer liest einer Blinden die Predigt des heutigen Sonntags vor.

Den 15. Sonntag nach Trinitatis

In den letzten Wochen gab es viel zu tun. Wir haben die Früchte des Gartens eingesammelt und viel Freude daran gehabt. »Die schönsten Äpfel«, sagt der Herr Pfarrer, »sollen den Weihnachtstisch zieren, die weniger guten sollen uns den Winter über in der Wirtschaft zugutekommen.« Herr Pfarrer will nächstes Jahr neue Obstbäume pflanzen, da viele alte abgängig sind; er will Erdbeeren anlegen und manche Verbesserungen anbringen. Er interessiert sich sehr für Gartenbau, Frau Pfarrer und ich können beide von ihm lernen. Nun hört das Arbeiten draußen bald auf. Schon verkünden rauhe Winde den Spätherbst; wie wird der erste Winter im Pfarrhause sein? Wir wollen an den langen Abenden fleißig nähen und stricken, und Herr Pfarrer will uns vorlesen. Darauf freue ich mich, wie ich mich denn überhaupt sehr glücklich fühle. Gott segne meine teure Herrschaft und erhalte ihnen ihr Glück!

Den 24. Sonntag nach Trinitatis

Kaum mag ich heute die Feder zur Hand nehmen, und doch muß ich unter Tränen und schweren Seufzern berichten, was sich zugetragen. Es ist mir, als sei ich in einem schweren Traum befangen; doch wenn ich mir meine arme Herrin vorstelle, das liebe, blasse, jugendliche Gesicht in der düstern Witwenhaube, dann weiß ich, daß es bittere Wahrheit ist. Der liebe Herr Pfarrer ist nach neuntägiger, schwerer Krankheit von ihr genommen, sie ist ihres irdischen Glückes beraubt und ist durch Gram und Kummer tiefgebeugt. Heute vor acht Tagen hat man ihn zu Grabe getragen. Ich vermag nicht die Tage seiner Krankheit, den bittersten Tag des Scheidens zu schildern; es liegt alles dunkel und verworren vor mir. Nur einzelnes vermag ich herauszuheben. Die Glocken tönten bang und schwer, dazwischen heulte der Sturm und trieb den Schnee zusammen. Draußen harrte eine stille, schwarz gekleidete Menge; es war die Gemeinde, welche ihrem Pfarrer das letzte Geleit geben wollte. Die Schule sang: »Was Gott tut, das ist wohlgetan«, und so ward der Sarg mit dem, der unseres Hauses Ehre war, hinweggetragen. Drinnen aber saß die junge Frau regungslos. Eine Totenblässe bedeckte ihr Angesicht, keine Träne kam über ihre Wangen. Sie deutete nur stumm auf die Brust, dort saß der Schmerz und fand keinen Ausweg. Ihr alter Vater war gekommen und die Schwestern und viele Leute aus der Stadt. Aber es war, als ob kein Trost haften wollte. Sie wehrte allen ab und begehrte nur immer allein gelassen zu werden. Nun sind alle wieder abgereist bis auf die jüngste Schwester, die einige Wochen bleiben will. An deren Brust hatte sie sich zuerst ausweinen können. Seitdem sind die Tränen reichlicher geflossen, die schönen, blauen Augen, aus denen das reinste Glück strahlte, sind trübe und verweint. Das einzige, für das sie zugänglich ist, ist Gottes Wort. Wenn wir ihr sagen, daß Gott nicht Gedanken des Leides, sondern des Friedens über sie hat, daß Er sie nicht verlassen noch versäumen wird, dann faltet sie ihre Hände und begehrt mehr zu hören. Ich habe ihr die Geschichte vom Jüngling zu Nain, von Jairi Töchterlein und Lazarus vorgelesen, sie hat gläubig nach oben gesehen und leise nachgesprochen: »So du glauben würdest, solltest du die Herrlichkeit Gottes sehen.« Meine Bibel, die mir immer teuer und wert gewesen, ist mir nun köstlicher denn Gold und feines Gold; denn der Trost, den wir uns für teures Geld nicht erkaufen können, den dürfen wir uns aus Gottes Wort, der nie versiegenden Trostquelle, allezeit umsonst holen. Es scheint wie ein helles Licht in die dunkle Nacht der Trübsal hinein und heilt die verwundeten Herzen.

Silvester.

Weihnachten ist vorüber, Fräulein Mathilde, die Schwester der Frau Pfarrer, ist wieder abgereist; wir sind allein. Bis jetzt haben wir dem stillen Schmerz sein Recht gelassen. Ich habe meine täglichen Pflichten getan und habe meine liebe Herrin gehütet und gepflegt, denn sie bedarf großer Schonung; der Kummer hat sie sehr angegriffen. In der letzten Stunde hat der Herr Pfarrer mich an sein Bett gerufen und mit schwacher Stimme gesagt: »Christine, versprich mir das eine, *verlasse meine Frau nicht*!« Da hab' ich meine Hand in die seine gelegt und unter Tränen gelobt, nicht von ihr zu weichen. Dies Versprechen will ich halten, so mir Gott hilft, bis an den Tod. Es ist ein trauriger Jahresschluß. Frau Pfarrer und ich haben viel vom sel. Herrn gesprochen, dann hat sie sich ausgeweint; ich habe sie zu Bett gebracht, und endlich ist sie eingeschlafen wie ein müdes Kind. Wie öde und still ist's im Hause! Es ist immer, als müßte ich den festen Schritt des Herrn hören. Warum, o warum mußte er so früh heimgehen? Aber »Meine Gedanken sind nicht eure Gedanken«, spricht der Herr, und »was ich tue, das weißt du jetzt nicht, du wirst es aber hernach erfahren!«

Sonntag Estomihi 1850.

Wieder ist alles still um mich her. Ich sitze im Schlafzimmer meiner lieben Frau; sie selbst liegt matt und erschöpft in ihrem Bett. Daneben steht eine Wiege, darin liegt, was Gott ihr zum Trost gesandt. Wie ein kleines Rosenknösplein schlummert es in den weißen Kissen, die Fäustchen fest ins Gesicht gedrückt. Das kleine Mädchen soll fortan der Sonnenschein sein auf dem dunklen, trüben Lebensweg der Herrin. Heute hat zuerst wieder ein Lächeln um ihren Mund gespielt, als ich ihr die Kleine aufs Bett legte und dieselbe sie mit ihren Äuglein so klug und verständig ansah, als wüßte sie alles. »Sieht sie nicht meinem Manne ähnlich?« fragte sie mich. – »Es ist der ganze Vater«, habe ich ihr geantwortet. Da kam ein sonniges Lächeln auf ihr Antlitz, aber gleich darauf nahm dasselbe wieder den wehmütigen Ausdruck an, und sie sagte unter Tränen: »Wenn er das Kindlein nur einmal an sein Herz hätte drücken können!« Ich hoffe aber doch, diese Gottesgabe wird die Frau Pfarrer ablenken von dem tiefen Schmerz. Sie hat nun eine Lebensaufgabe und wird sich derselben, soweit ich sie kenne, mit ganzem Ernst widmen.

Pfingsten.

So weit sind wir mit Gottes gnädiger Hilfe. Wir haben heute lange mit unserer Hanna draußen gesessen unter den blühenden Bäumen. »Weißt du, Christine, wie ich im vorigen Jahr mit meinem Mann hier saß?« Tränen erstickten ihre Stimme; ich konnte auch nur nicken und mußte selbst meine Tränen hinunterschlucken. Da jauchzte Hanna laut auf und lächelte uns lieblich an, daß wir nicht länger trauern konnten. Sie ist der Mutter Trost; möchte sie es immer bleiben! Wir sehen dies Jahr das Blühen und Wachsen im Garten mit ganz andern Augen an als im vorigen. Damals machten wir Zukunftspläne, nun wissen wir, daß wir hier keine bleibende Stätte haben, daß wir alles verlassen müssen und uns irgendwo ein kleines, bescheidenes Plätzchen suchen, das wir unser Heim nennen können. Ich sage »unser«, weil ich mich an diese kleine Familie gebunden fühle. Frau Pfarrer verkündigte mir unter Tränen, daß sie mich nicht behalten könne; ihr Witwengehalt sei so klein, daß sie auf eine Stütze verzichten müsse. Darauf ließ ich mich nicht ein. Ich sagte ihr, daß ich mit ganz wenigem zufrieden sein wollte, aber verlassen würde ich sie nicht, ich hätte es dem Herrn Pfarrer versprochen. Ich wolle alles treu zu Rate halten und ihr sparen, ja auch verdienen helfen, sei es durch Handarbeit oder sonst etwas. Die Eltern meinten zwar, ich müsse auch an mein Fortkommen denken; als ich sie aber an mein Versprechen erinnerte, das ich dem sel. Herrn gegeben, da konnten sie nichts dagegen sagen. Sie haben mir ihren Segen gegeben, und ich bleibe. Es ist beschlossen, daß wir in die Hauptstadt ziehen, eine größere Wohnung mieten und sie an Leute wieder vermieten, die wir gleichzeitig verköstigen. – Ein Schweres steht uns nun bevor. Das ist der Abschied von allem, was uns lieb und teuer ist; das Allerschwerste aber ist für die Frau Pfarrer die Trennung von dem Grabe, das sie tagtäglich besucht und welches sie mit den schönsten Rosen bepflanzt hat.

12. Sonntag nach Trinitatis

Der Abschied ist überstanden. Mühevolle Tage, schwere Wochen liegen hinter uns. Wir sind nach W. gezogen in die Friedrichsstraße und bewohnen dort eine mittelgroße Wohnung im zweiten Stockwerk. Es kommt uns alles eng und klein vor gegen die weiten Räume des Pfarrhauses; wie gut, daß wir dem Winter entgegen gehen. Das Einleben wird leichter sein als zur schönen Sommerzeit. Meine arme Herrin kann sich schwer zurechtfinden in dem Leben, das sie sich so ganz anders erträumt hat, als es in Wirklichkeit ist. Sie läßt mich für alles sorgen, doch denke ich, daß der Schmerz um den Heimgegangenen sich mildern wird. Gott der Herr ist ihre Zuversicht, aus Seinem Wort schöpft sie täglich Kraft, Rat und Trost. Die kleine Hanna entwickelt sich lieblich, sie ist unsere ganze Freude.

Ostern 1862.

Zwölf Jahre sind vergangen. Ich sitze in meinem Stübchen und wundere mich, wie ich das Tagebuch ganz vergessen konnte. Es stürmte so vieles auf uns ein, es gab besonders für mich so verschiedene Arbeit, daß ich froh war, wenn ich Sonntagsnachmittags mit Frau Pfarrer und Hanna zusammensitzen konnte. Wir sind immer noch in der alten Wohnung, die wir zuerst bezogen haben, aber in den zwölf Jahren haben wir mancherlei erlebt. Hanna ist ein stattliches, hübsches Mädchen geworden, sie lernt tüchtig in der Schule und bringt gute Zeugnisse. Die Schulvorsteherin hat meiner Herrin geraten, sie zur Lehrerin ausbilden zu lassen. Letztere ist ganz damit einverstanden; sie will gern, daß Hanna ihre Gaben zum Nutzen anderer anwendet. Ihr Kind ist ihr alles auf dieser Welt; es ist verzeihlich, wenn sie es liebt wie ihren Augapfel, nur sollte sie ein klein wenig strenger sein. Der Eigenwille ist nicht gebrochen in dem Kinde.

Hanna weiß: sie kann bei ihrer Mutter alles erreichen. Bei meinen Eltern zu Hause war das Nein – Nein, und Gehorsam war die erste Pflicht. Hat Frau Pfarrerin »nein« gesagt, dann schmeichelt Hanna: »O, Mütterchen, laß mich doch!« Wenn die Mutter noch fest bleibt, so kann sie den nun folgenden Tränen des Kindes nicht widerstehen. So weiß die Kleine ihren Willen beständig durchzusetzen und darum beschleicht mich oft ein banges Gefühl wegen der Zukunft. Einmal faßte ich mir ein Herz und machte die Frau Pfarrer darauf aufmerksam. Da sagte sie: »Christine, die Erziehung eines Kindes, das keinen Vater hat, ist sehr schwer; ich muß meiner Hanna die Liebe des Vaters ersetzen.« – »Wenn der Herr Pfarrer gelebt hätte«, antwortete ich, »auf strenge Zucht würde er gehalten haben; Sie schlagen ja Hanna nie etwas ab!« Da weinte sie bitterlich und meinte, ich solle sie doch nicht quälen; sie bäte Gott täglich, daß Er ihr Kind zu einem frommen Gotteskinde machen wolle, und sie wisse gar nicht, was das Kind mir zu leide getan, daß ich so rede usw.

Nun wußte ich, daß mich meine Herrin nicht verstand, und schwieg betrübt. Frau Pfarrer ist eine liebe, demütige Christin, sie hält sich täglich an Gottes Wort und unterweist auch Hanna darin, aber sie ist eine schwache Mutter, und das ist der Schatten, der auf ihr liegt. Auch sieht sie die Welt zu rosig an und hat wenig Menschenkenntnis. Sie hält alle Menschen für gut und nimmt alles, was sie sagen, für bare Münze. Wie schwer kann sie der festen Stütze im Leben entbehren, und doch ist der Stab ihres Lebens ihr genommen! Wo ich kann, trete ich für sie ein und schütze sie; aber ich bin nur ein einfaches Mädchen, und wenn ich auch mehr Erfahrung habe als meine Herrin und etwas Weltklugheit, so nimmt sie von mir weniger Rat an, als sie es vom sel. Herrn Pfarrer getan haben würde. Im übrigen aber ist meine Frau prächtig. Ihr gutes, reines Gemüt erquickt und erfreut alle, die mit ihr verkehren; ich habe sie so lieb, daß ich für sie durchs Feuer gehen möchte. Darum wird mir auch nichts zu schwer. Wenn alle Mädchen in meiner Stellung mich aufhetzen wollen und sagen: »Ach, um so ein bißchen Gehalt plagen Sie sich? Da bekommen wir ja das Doppelte und Dreifache«, dann antworte ich ruhig: »Ich komme mit meinem Wenigen weiter als Sie mit Ihrem Dreifachen.« – An Gottes Segen ist alles gelegen. Ich meine immer, das Wunder mit den zwei Fischen und den fünf Broten wiederholt sich täglich, wenn wir nur darauf achten. Wir sind in diesen zwölf Jahren oft in Not gewesen, aber die Hilfe stellte sich immer zur rechten Zeit ein. Wir müssen auf die Frage des Herrn: »Habt ihr je Mangel gehabt?« aufrichtigen Herzens sagen: »Herr, nie keinen.« Unsere Wohnung ist immer zur rechten Zeit vermietet worden, davon hing viel ab. Mit den verschiedenen Mietern gab es freilich manche Unannehmlichkeiten, wir haben wunderliche Damen und seltsame Käuze von Männern gehabt, aber wir haben uns ganz gut mit ihnen durchgeschlagen. Die sanfte Liebenswürdigkeit und Feinheit meiner Herrin nötigte manchem Achtung ab, einige aber versuchten die Güte zu mißbrauchen. Nun – da war ich da, und meine Herrin hat mir's nachher gedankt, sonst hätten wir wohl keine Miete zu sehen gekriegt. Augenblicklich haben wir ein Fräulein in Kost und Wohnung, das sich auf das Examen vorbereitet. Sie lernt fürchterlich bis in die Nächte hinein und gebraucht unverantwortlich viel Lampenöl. Ich kann den Nutzen des langen Aufsitzens nicht einsehen. Da machten's die vorjährigen Studenten anders. Punkt acht Uhr wurde die Lampe ausgedreht, und hurtig ging's die Treppe hinunter. Das späte Nachhausekommen war allerdings auch nicht angenehm, und wenn sie nachts um zwei oder drei Uhr Einlaß begehrten, pflegte ich oft über das späte Kommen zu schelten. »Bestes Fräulein Christinchen«, hieß es dann, »es ist ja noch sehr früh; sehen Sie nur, der Tag bricht eben an!« Es waren Windbeutel; wir freuten uns, als wir sie los waren. Dies Fräulein ist die Genauigkeit selber; sie wird sich krank arbeiten, und dann haben wir die Pflege, wie mit jener alten Dame, die sich vor mehreren Jahren bei uns in Pension gab, bald danach bettlägerig war und nach einigen Monaten starb. Hanna hatte gleichzeitig die Masern. Doch wozu erzähle ich dies? Ich wollte nur andeuten, daß wir nicht auf Rosen gebettet sind; aber es ist meiner Herrin möglich, durch die Zuschüsse, welche wir durch die Pension erhalten, Hanna eine gute Schule besuchen zu lassen und nichts an ihrer Ausbildung zu versäumen. Hanna ist sehr klug, hat witzige, drollige Einfälle und kann uns alle aufheitern. Sie weiß sogar ihr Mütterchen fröhlich zu stimmen; es ist mir eine Herzensfreude, wenn ich die liebe Frau, die gewöhnlich ein gelassenes, ernstes Wesen zeigt, lachen höre, wenn ihr Gesicht, das seit dem Tode ihres Gatten tiefe Kummerfalten zeigt, sich zu einem sonnigen Ausdruck verklärt. Wer wollte ihr auch die Freude an ihrem Töchterchen nicht gönnen, habe ich doch auch Hanna lieb wie mein eigenes Kind, nur sehe ich ihre Fehler klarer und wünschte zu ihrem eigenen Besten, sie hätte schnellen, freudigen Gehorsam gelernt. Mein Vater pflegte zu sagen: »Gehorsam ist die Grundlage aller Erziehung, dem Kinde muß vor dem vollendeten zweiten Lebensjahre der Wille gebrochen werden.« Das ist bei unserer Hanna leider nicht geschehen; ich fürchte, die Selbstsucht ist in ihr genährt worden. Wenn ich denke, wie Charlottchen in dem Alter war! Aus der ist nun freilich auch ein vortreffliches Mädchen geworden, einmal hat sie uns mit den Eltern besucht, doch wohnen sie zu entfernt, als daß an ein öfteres Kommen gedacht werden könnte. Charlotte ist Lehrerin in der Nähe von Berlin. Der Frau Pfarrers Vater ist längst tot, in den ersten Jahren verlebten wir die Ferien zuweilen bei ihm. Auch meine guten Eltern sind nicht mehr am Leben, aber ihr Glaube und ihr Wandel in Christo steht mir als ein leuchtendes Vorbild vor Augen. Ihre Lehren sind fest in mein Herz geschrieben. Sie sind mir mehr wert als Geld und Gut.

Ich habe heute viel geschrieben. Das macht, Frau Pfarrer und Hanna sind den ganzen Nachmittag und Abend fortgewesen; nun werden sie bald kommen. Ich will mein Büchlein wieder an seinen verborgenen Ort legen ; vielleicht vergeht wieder lange Zeit, ehe ich zum Schreiben komme.

Sonntag Palmarum 1868.

Hanna ist ein erwachsenes Mädchen. Schon vor zwei Jahren ist sie konfirmiert worden, und in voriger Woche hat sie ihr Examen als Lehrerin glücklich bestanden. Die Freude war groß, als sie mit gutem Zeugnis nach Hause kam. Sie umschlang ihr Mütterchen und rief: »Nun hast du eine geprüfte Tochter.« Dann umfaßte sie mich und rief: »Christine, freust du dich nicht?« Ja, wir haben uns alle gefreut; nun wurden Zukunftspläne der verschiedensten Art geschmiedet. Hanna weiß noch nicht, ob sie eine Stelle in einer Familie annehmen soll oder an einer Schule unterrichten. Wenn sie vom Fortgehen spricht, wird die Mutter traurig. Ich denke, sie wird bei uns bleiben und sich hier in der Stadt ihre Tätigkeit suchen.

Quasimodogeniti.

Nun hat sich etwas ereignet, das große Umwälzungen für uns nach sich zieht. Meine Herrin rief mich vor einigen Tagen und eröffnete mir, daß sie einen Brief aus H. habe, einem weit entfernten Ort. Dort werde eine junge Lehrerin gesucht, welche die Töchter der wohlhabenden Familien unterrichten solle, die Bedingungen seien vorteilhaft, der

Ort ein gesegneter. Gottes Wort werde lauter und rein gelehrt, und die Gemeinde sei einem blühenden Garten Gottes zu vergleichen. So sei auch der Ort, mitten in der Heide gelegen, einer Oase gleich, in der man sich geistig und leiblich zu erfrischen vermöge. »Das«, rief die Frau Pfarrer ganz begeistert, »habe ich für mein Kind stets gewünscht: sie soll an einem Ort leben, an dem ihre Seele die rechte Nahrung findet, wo sie im Glauben wachsen und zunehmen kann und ihres irdischen Berufes treulich warten. Auch dir wird es gefallen, Christine. Wir wohnen auf dem Lande, haben ein kleines Gärtchen und behalten unsere Hanna bei uns.«

So lebendig und freudig erregt hatte ich die Frau Pfarrer noch nie gesehen. Hanna war auch Feuer und Flamme für die Sache, wie sie denn leicht für etwas Neues sich begeistern kann. Es scheint ja auch alles wie gemacht für uns, wenn Hanna nicht noch ein wenig zu jung und unerfahren für eine derartige Stelle sein und Ausdauer, Tüchtigkeit und Treue zu diesem nicht leichten Beruf zeigen wird. Heute soll die zusagende Antwort geschrieben werden an der Frau Pfarrer alte Freundin in H., welche die Sache im Namen des dortigen Geistlichen eingeleitet hat.

Jubilate.

Nun ist alles fertig! Wir brechen unsere Hütte hier ab und pilgern weiter, diesmal mit fröhlicherem Herzen als damals, wo ich mit der trauernden Witwe das Pfarrhaus verließ. Hanna spinnt goldene Zukunftsträume, sie ist fleißig und hilfreich, wie ich sie nie gesehen. Sie singt mit den Lerchen um die Wette und will, wie ein Vöglein, fröhlich in die weite, unbekannte Welt fliegen. Wir Alten folgen ihr gern; müssen wir doch unser Kind behüten und beschützen. Kisten und Koffer sind schon gepackt, in einigen Tagen geht es fort.

Pfingsten.

Wir sind glücklich in H. gelandet. Es ist, als ob man hier in der Heide frischer und freier atmen könnte, als in dem dreistöckigen Hause der großen Stadt. Als wir nach hier aufbrachen, war ein heller, schöner Frühlingstag. Die Bahnfahrt führte uns durch unbekannte Städte und Dörfer; Felder, Wiesen und Wälder flogen an uns vorüber. Erst gegen Abend langten wir an der letzten Station an, von wo wir noch 1½ Stunden mit dem Wagen zu fahren hatten. Es ging durch den weichen Heidesand, die Luft war warm und lind, und die Vöglein sangen ihr Abendlied. Große Flächen üppigen Heidekrauts gab es; schlanke Birken in lichtem Frühlingsgrün schienen uns »Willkommen« zuzunicken, während dunkle Tannen ernst daneben ihr Haupt im Abendwinde schüttelten. Mücken schwirrten, Bienen summten, es überkam uns nach dem Geräusch der großen Stadt ein nie gekanntes Gefühl der Ruhe und des Friedens. Hanna begann leise zu singen. Frau Pfarrer reichte mir die Hand und sagte: »Meine treue Christine, hier sollst du mit uns glücklich sein, Gott segne unsern Eingang!«

Als wir dem Wagen entstiegen und unser neues Heim sahen, da war der Freude kein Ende. Mitten im Grün lag das Haus, dessen Erdgeschoß wir bewohnen sollten, ein zierliches Gärtchen gehörte dazu. Die Freundin der Frau Pfarrer, oder eigentlich die Freundin ihrer Mutter, eine alte Frau Rätin, nahm uns für den ersten Tag freundlich auf, bis die Sachen gekommen und ausgepackt waren. Der Pastor des Ortes kam uns mit großem Vertrauen entgegen, er hatte viel mit Hanna zu verhandeln wegen des Unterrichts, der ihm sehr am Herzen zu liegen schien, da auch einige seiner eigenen Kinder daran teilnehmen sollten.

Als unsere Einrichtung fertig war, begann Hanna in dem

großen Schulzimmer rechts den Unterricht mit ihrer kleinen Schar. Als sie mit jugendlich frischer Stimme begann: »Liebster Jesu, wir sind hier, Dich und Dein Wort anzuhören«, und die Kinder im Chor mitsangen: »Richte Sinnen und Begier auf die süßen Himmelslehren« – da übermannte es meine Herrin und mich; wir mußten beide bitterlich weinen, und Frau Pfarrer sagte unter Tränen: »Wenn das mein seliger Mann erlebt hätte!«

5. Sonntag nach Trinitatis

»Christine«, sagte gestern Frau Pfarrer zu mir, als wir beide im Garten das Unkraut jäteten, welches nach dem Gewitterregen arg emporgeschossen war, »freust du dich nicht, wie tüchtig sich Hanna als Lehrerin erweist?« – »Ich hätte es nicht gedacht«, erwiderte ich aufrichtig, »daß sie sich so geschickt dazu anstellen werde.« – Die Fenster des Schulzimmers waren der Hitze wegen weit geöffnet, und wir waren stille Zuhörer. Sie hält ihre kleine Schar in Ordnung, trotz ihrer Jugend, die Kinder lernen etwas und hängen mit Liebe an ihr. Täglich bringen sie ihr Blumen, es sind der Sträuße oft so viele, daß es an Töpfen und Vasen fehlt. Hanna gibt sich ihrem Beruf mit Ernst und Treue hin und ist fröhlich und guter Dinge. Die Luft, die uns umweht, muß Herz und Geist gesund machen; die Speise, welche der Seele hier gereicht wird, ist dem kräftigen Brote gleich, welches den Leib nährt und erhält. Erleuchtete Männer Gottes reden hier an heiliger Stätte und wirken durch ihre Predigten, die nicht nur Sonntags, sondern auch in Wochengottesdiensten der Gemeinde geboten werden. In einer solchen Gemeinde lebt sich's gut. Das denken manche Familien, die keinen Beruf haben, der sie an einem bestimmten Ort festhält. Sie siedeln sich hier an und suchen sich eine Liebestätigkeit im Reiche Gottes. Auch einzelne Fremde, welche der Erfrischung und Stärkung bedürfen, halten sich hier zeitweilig auf und erfreuen sich an den schönen Gottesdiensten. »Wie lieblich sind Deine Wohnungen, Herr Zebaoth!« möchte ich oft ausrufen, wenn wir im Hause des Herrn sitzen zu Jesu Füßen und Seiner Rede zuhören dürfen. Hanna scheint auch ergriffen vom Heil in Christo. Ich sehe sie öfter denn sonst in ihrer Bibel lesen und sinnend über das Gelesene nachdenken. Frau Pfarrer lebt auf, seit wir hier sind; ihre Augen leuchten, wenn sie ihr Töchterlein ansieht; sie sagt, sie sei glücklich, Hanna hier vor den Versuchungen der Welt geborgen zu wissen. Wir sind fröhlicher als sonst miteinander und fühlen uns so frei ohne die Mieter, die immer kamen und unser Haus so unruhig machten.

6. Sonntag nach Trinitatis.

Nun blühen die Rosen. Unser Verdienst ist es nicht, daß unser Garten die schönsten aufweist; der frühere Besitzer hat sie gepflanzt. Hanna hat sich eine dunkelrote Rose ins schwarze Haar gesteckt, das sieht gut aus. Sie ist schlank und zierlich gewachsen, die blauen Augen gucken fröhlich in die Welt. Eben ist Besuch gekommen; da ich nicht entbehrt werde, bin ich hinauf in mein Giebelstübchen gegangen, um zu schreiben. Ein Fräulein Behrens hat sich an uns herangemacht; nun ist es ihr gelungen, mit Frau Pfarrer in Verkehr zu treten. Sie scheint etwas neugierig zu sein; denn schon am ersten Tage unseres Hierseins redete sie mich an und fragte mich nach allem Möglichen aus. Ich war etwas kurz angebunden, denn ich liebe es nicht, über meine Herrschaft ausgefragt zu werden. Mein sel. Vater sagte: Es gehöre mit zur Treue, nicht aus dem Hause zu sprechen. Fräulein Behrens ist besonders liebenswürdig mit Hanna; sie hat ihr angeboten, vierhändig mit ihr zu spielen, jetzt soll über die Stunde beraten werden. Wenn sie Hanna nur nicht eitel macht! Sie lobt ihre schönen Haare, ihre feine Gesichtsfarbe, ihren schlanken Wuchs, und Hanna sieht sehr selbstgefällig dazu aus.

7. Sonntag nach Trinitatis.

Es tut mir fast leid, Übles über Fräulein Behrens gesagt zu haben. Sie läßt sich Hannas Klavierspiel sehr angelegen sein; letztere muß zweimal in der Woche eine Stunde bei ihr spielen und wird gewiß noch große Fortschritte machen, da sie fleißig übt und auch selbst zwei kleine Klavierspielerinnen hat. Ihre Schule ist prächtig im Gange. In dieser Woche ist der Herr Pfarrer einmal gekommen und hat zugehört. Er hat sich über die Leistungen der Kinder zufrieden ausgesprochen. Meine liebe Frau Pfarrer schloß Hanna in ihre Arme, als der Geistliche fort war, und sagte: »Mein liebes Kind, wie glücklich bin ich durch dich, bleibe, wie jetzt, deiner Mutter Trost und Freude!«

Es ist eine Zeit der Erquickung nach allen mühseligen, kummervollen Jahren; unser Heim ist eine Stätte des Friedens, wie auch der Ort, an dem wir wohnen. Wenn ich in meinem Giebelstübchen sitze und schaue auf das goldene Kreuz des Kirchturms, das im Abendsonnenschein funkelt, dann bete ich leise: »Ach bleib' mit Deinem Segen bei uns, Du reicher Herr, Dein Gnad' und all' Vermögen in uns reichlich vermehr'!«

8. Sonntag nach Trinitatis.

Heute hörten wir eine eindringliche Predigt über Röm. 8, 13: »Denn wo ihr nach dem Fleische lebet, so werdet ihr sterben müssen; so ihr aber durch den Geist des Fleisches Geschäfte tötet, so werdet ihr leben.« Ich saß weit hinten im Gotteshause, nahe der Tür, da bemerkte ich einen Fremden, den ich sonst nie gesehen. Er schien ergriffen von der Predigt; denn er fuhr sich einigemale über die Augen und saß dann da, den Kopf auf die Hand gestützt, ernst vor sich hinblickend. Beim Hinausgehen sah ich ihn wieder. Er war elegant gekleidet und schien dem vornehmen Stande anzugehören. Es kommen oft Fremde an diesen Ort; warum mußte mir dieser besonders auffallen? Frau Pfarrer hatte ihn auch bemerkt, und als wir von ihm sprachen, rief Hanna dazwischen: »Den habe ich am vorigen Sonntag schon gesehen, er muß hier bleibenden Aufenthalt genommen haben.«

9. Sonntag nach Trinitatis.

»Mutter, ich weiß, wer der fremde Herr ist«, rief Hanna am Mittwoch, als sie aus der Klavierstunde kam. »Fräulein Behrens hat mir alles gesagt. Es ist ein reicher, junger Holländer aus vornehmer Familie. Er ist krank gewesen und soll sich hier erholen. Er soll sehr vermögend sein, dabei sehr klug und fromm.« – »Kind«, sagte die Pfarrerin ruhig, »der Fremde interessiert mich wenig, wir kommen ja nicht weiter in Berührung mit ihm.« Mich aber erfaßte plötzlich eine bange Ahnung; ich habe das Gefühl, als ob die Ruhe unseres Hauses bedroht sei. Es ist wohl töricht, denn bis jetzt ist kein Grund vorhanden. – Für morgen ist ein Schulspaziergang geplant. Wir wollen mit den Kindern gleich nach Tisch ins Holz gehen, einige Eltern und erwachsene Geschwister schließen sich an. Ich soll Kaffee kochen, und jedes Kind bringt sich sein Butterbrot mit.

10. Sonntag nach Trinitatis.

Es war ein fröhlicher Nachmittag im Holz. Es wurden verschiedene Spiele gespielt, Hanna leitete alles mit sicherer Hand. Sie hat alle Talente, die für eine Schulvorsteherin erforderlich sind; es ist zu bewundern, mit welcher Sicherheit und Selbständigkeit das junge Mädchen auftritt.

Als Hanna mit den Kindern Kreisspiele machte, bemerkte ich zwei Herren, die langsam durch den Wald kamen und sich dem freien Platz näherten. Der Jubel der Kinder mochte sie aufmerksam gemacht haben, sie blieben stehen und sahen dem Spiele zu. Der eine war der Lehrer des Ortes, der andere der schon erwähnte Fremde. »O Monsieur de Pierre«, rief Fräulein Behrens, die natürlich auch mit beim Spielen war. Sie ging auf die Herren zu, mit denen sie sehr bekannt tat, und veranlaßte sie, näher zu kommen. Die Kinder sangen gerade: »Fuchs, du hast die Gans gestohlen, gib sie wieder her« – und Hanna, die wohl die Augen auf die sich nahenden Herren gerichtet hatte, wurde der Gänsedieb. Beim schnellen Herumdrehen glitt ihr das hellblaue Umschlagtuch von der Schulter. Ehe sie sich bücken konnte, war schon der Fremde herbeigeeilt, faßte das Tuch mit seiner Hand und überreichte es Hanna mit höflicher Verbeugung. Hanna wurde rot vor Verlegenheit, da trat Fräulein Behrens lächelnd heran und sagte: »Ich darf wohl die Vorstellung übernehmen: Monsieur de Pierre, mein Klavierschüler, und Fräulein Hanna Lenz, meine Klavierschülerin.« – »Ah, da haben wir dieselbe Lehrerin«, versetzte der Ausländer in reinem Deutsch; »es kommt nun darauf an, wer sich der größeren Zufriedenheit des Fräuleins zu erfreuen hat.« – »Jedenfalls Fräulein Hanna bis jetzt«, sagte Fräulein Behrens offenherzig, »Sie sind ja erst Anfänger.« – Der Herr verbeugte sich wieder und bat Fräulein Behrens, ihn mit der übrigen Gesellschaft bekannt zu machen. Während das kleine Fräulein ihn den älteren Damen vorstellte, verlangten die Kinder stürmisch, weiter zu spielen. Doch schien es mir, als ob bei Hanna die Teilnahme entschwunden wäre; sie schaute immer wieder nach dem Fremden, und wenn er sich umdrehte und dem Spiel zusah, errötete sie ein über das andere Mal. Ich habe diesen

»Monsieur« vorigen Montag zum erstenmal in der Nähe gesehen, aber er hat etwas in seinem Gesicht, was mir nicht gefällt. Er ist in dieser Woche etlichemal an unserm Garten vorübergegangen und hat jedesmal sehr höflich und sehr angelegentlich gegrüßt.

11. Sonntag nach Trinitatis.

Hannas drittes Wort ist jetzt immer: »Monsieur de Pierre.« Am Freitag kam sie sehr belebt aus der Klavierstunde und erzählte, daß der »Monsieur« von nun an gleich nach ihr Stunde habe. Er sei schon die Treppe heraufgekommen, als sie gegangen. Der Frau Pfarrer schien es nicht ganz recht zu sein; und als Hanna weiter berichtete, daß Fräulein Behrens von einem vierhändigen Stück gesprochen, welches sie zusammen einüben sollten, da sagte ihre Mutter bestimmter, als es sonst ihre Art war: »Das unterbleibt, ich werde mit Fräulein Behrens sprechen.« Hanna erwiderte schmollend, warum nur die Mutter so sonderbar sei; es sei doch ein feiner Herr mit schicklichem Benehmen usw. Ich aber, die ich das Gespräch durch die Tür mit angehört hatte, mußte unwillkürlich die Hände zusammenschlagen und innerlich seufzen: O meine gute Frau Pfarrer, es wird sich doch hier nichts anspinnen! Ein so gesegneter Ort und dann eine Liebesgeschichte? Aber die Welt trägt ein jeder im Herzen, die Versuchungen werden auch hier nicht ausbleiben. Gerade an einem Ort, wo Gottes Brünnlein Wassers die Fülle hat, wo Sein Wort und Sakrament lauter und rein verkündigt und verwaltet wird, da geht der Teufel umher und sucht, wen er verschlinge. Wir müssen doppelt wachsam sein und beten, daß der böse Feind keine Macht an uns finde.

12. Sonntag nach Trinitatis.

Ich konnte nicht anders, ich habe der Frau Pfarrer meine Meinung gesagt. Sie hat großes Vertrauen zu mir; muß ich da nicht, wenn ich ihr Kind in Gefahr sehe, sie warnen? Hanna läßt sich, ich muß es mit Schmerzen sagen, betören. Am Mittwoch, es war gerade Singstunde, sehe ich diesen Menschen am Küchenfenster vorübereilen, um das Haus herumgehen und vorn stillstehen und lauschen. Ich trat in die offene Haustür, legte die Hand über die Stirn und sagte: »Um Verzeihung, wünschen Sie etwas?« Er machte ein belustigtes Gesicht und wollte eben antworten – da wird die Schulstubentür aufgerissen und die ganze Kinderschar stürmte davon. Hanna rief lachend: »Langsam und ordentlich!« Aber zum erstenmal schien es, als ob der gewohnte Respekt fehle. Die Kinder haben ein feines Gespür, sie merken sofort, wenn der Ernst fehlt. Hanna war nicht in der rechten Verfassung. Eine Lehrerin, auf welche die Kinder sehen, muß sich, meiner Meinung nach, doppelt in Zucht nehmen. – »O Monsieur«, riefen einige der Dreisteren, »Sie haben uns singen hören, wir haben Sie gesehen.« – Bald war die kleine Schar verschwunden und Hanna trat ans offene Fenster, während Monsieur seinen Hut zog und sich ihr näherte. »Ein köstliches Lied, was Sie da singen ließen, Fräulein. Darf ich mir die Noten ausbitten und den Text? Ich singe so gern.« Hanna holte das Liederbuch, und es entspann sich ein Gespräch. Frau Pfarrer saß arglos im Hinterstübchen und nähte. Ich ging erregt zu ihr und hielt ihr das unpassende Benehmen Hannas vor. Sie sah hilflos zu mir auf, als wüßte sie nicht, was dabei zu machen sei. Da steckte Hanna lächelnd den Kopf zur Tür herein und rief: »Mütterchen, Monsieur de Pierre ist im vorderen Zimmer, er möchte dir seinen Besuch machen.« Ich ging brummend in die Küche und Frau Pfarrer ins beste Zimmer, um sich auch betören zu lassen. Als der Besuch gegangen war, kam sie zu mir und sagte: »Christine, sage mir nichts gegen diesen Herrn, er ist ein prächtiger Mensch. Er hat viel Gemüt und scheint tief religiös zu sein. Das kirchliche Leben hier macht ihm großen Eindruck, hat er mir gesagt. Er gedenkt länger hier zu bleiben.« – »Darf ich fragen, welchen Beruf der Herr hat?« – »Er sprach von einer Anstellung an der Post.« – »Und hat so lange Urlaub?« – »Er ist krank gewesen und soll sich hier erholen.« – Ich schwieg. – »Christine, dir ist etwas nicht recht?« – »In diesem Punkt stimmen wir nicht überein, Frau Pfarrer. Ich kann mich ja irren, aber ich finde gar keinen Geschmack an diesem Monsieur, und wenn er sich hierher gewöhnt, wird Hanna törichte Gedanken bekommen, die Schule wird darunter leiden und Sie werden's sehen, wir werden rechtes Elend dadurch ins Haus bekommen.« Frau Pfarrer sah mich erschrocken an; jetzt schien ihr erst der Gedanke zu kommen, welche Folgen der Besuch haben könnte. Darauf sagte sie ernst: »Unser Kind denkt an so etwas nicht, Christine, und der reiche, vornehme Herr erst recht nicht. Aber wenn er hier einen Besuch macht, kann ich ihm doch die Tür nicht weisen.« Mit diesen Worten ging sie in die Stube, und ich folgte ihr. Hanna saß am Klavier und spielte und sang. Es scheint, als ob Singen und Spielen jetzt ihr Hauptberuf sei. Ich sage mir oft, ich bin ein grämliches, altes Mädchen von 55 Jahren und sehe das Leben in der Welt viel zu düster an; Frau Pfarrer denkt gewiß, ich gönne der Hanna kein Vergnügen. Es ist aber nur meine große Liebe zu dem Kinde, die mich besorgt macht, ich möchte sie bewahren, daß ihre Seele keinen Schaden nimmt.

13. Sonntag nach Trinitatis.

Ja, daß ihre Seele keinen Schaden nimmt, darum bitte ich alle Tage. Als unser Kind klein war und einmal dem Feuer zu nahe kam, wie schnell griff ich nach ihr und entriß sie der Gefahr. Und als sie einmal Vergißmeinnicht pflückte am Rande eines tiefen Grabens und dabei ausglitt und ins Wasser fiel, wie eilte ich, sie herauszuziehen. So möchte ich auch jetzt meine Arme nach ihr ausstrecken, um sie aus einer großen Gefahr zu retten; denn in meinen Augen ist es eine Gefahr, wenn sie arglos einem Manne Vertrauen schenkt, der es vielleicht nicht wert ist. Man munkelt allerlei. Einige sagen, der Vater des jungen Mannes habe denselben hierher gesandt, damit er von seinem Leichtsinn geheilt werde; ein anderer sagt, er sei aus eigenem Antrieb gekommen; darin sind aber alle einig, daß ein gewisses Dunkel ihn einhüllt. Volles Vertrauen wird ihm nicht entgegengebracht. Nur meine liebe, gute Frau mit ihrem arglosen, reinen Gemüt läßt sich ganz von ihm einnehmen. Er hat eine liebenswürdige einschmeichelnde Art, ist aufmerksam und gefällig und findet im Vorübergehen immer Gelegenheit, einige angenehme Worte zu sagen, sucht auch oft einen Grund, um einzutreten, und macht dann so viel Spaß, daß ich mein brummiges Gesicht, das ich seinetwegen aufgesetzt, zu einem Lachen verziehen muß. Unterhaltend ist Monsieur, das muß ihm sein Feind lassen, er weiß jeder Sache etwas Eigenartiges abzugewinnen.

14. Sonntag nach Trinitatis.

Als ich am vorigen Sonntag beim Schreiben war, klopfte es. Das ist etwas so Außergewöhnliches, daß ich erschrocken auffuhr. Die Tür öffnete sich und vor mir stand die alte Freundin meiner Frau, dieselbe, durch welche wir hierher gekommen. Ich habe diese alte Dame erst wenig erwähnt; sie kommt selten zu uns, da ihr das Gehen schwer fällt. Um so mehr wunderte ich mich, daß sie die steile Treppe erstiegen hatte. Sie setzte sich und holte tief Atem. Dann sah sie sich im Stübchen um und fragte: »Also hier verbringt Fräulein Christine ihre freie Zeit? Was schreiben Sie denn da?« Ich wurde verlegen und legte errötend die Schreiberei beiseite. Sie fragte nicht weiter, sondern freute sich über die schöne Aussicht aus dem Fenster und sprach freundlich mit mir von diesem und jenem. Ich merkte ihr jedoch an, daß sie noch etwas Besonderes auf dem Herzen hatte. Plötzlich sagte sie: »Unten gefällt mir's nicht, Christinchen. Wollte der lieben Frau Pfarrer eine Freude mit meinem Besuch machen und finde diesen ›Monsieur‹, der den Angenehmen bei den Damen spielt. Eben jetzt ist er im Garten vor dem Hause mit ihnen im besten Gespräch. Sie haben mich nicht bemerkt, und da ich Sie nicht unten fand, bin ich heraufgekommen, um mit Ihnen einige Worte im Vertrauen zu sprechen. Ich muß Ihnen nämlich sagen, daß man hier im Ort schon den Namen dieses Herrn mit dem Hannas zusammen ausspricht; es sollte mir des Kindes wegen leid tun, wenn ein Gerede entstünde. Eines jungen Mädchens Ruf ist durch den leisesten Hauch befleckt, und hier kommt noch dazu, daß sie als Lehrerin sich nicht den geringsten Makel in dieser Beziehung darf zuschulden kommen lassen. Sagen Sie, kommt der junge Herr öfter zu Ihnen?« Ich sagte, ich müsse der Wahrheit die Ehre geben und gestehen, daß er in letzter Zeit seine Besuche häufiger wiederholt habe, daß die gute Frau Pfarrer leider in dieser Sache nicht klar sehe, auch wohl Hanna gegenüber etwas schwach sei. Ich bat die alte Frau Rätin, als Freundin einmal mit meiner Frau im Vertrauen über diese Angelegenheit zu sprechen. Schon am Montag, während Hanna in der Schule war, ist dies geschehen. Frau Pfarrer hat geweint, Hanna aber erzählte mir freudestrahlend: Tante Rätin wünsche, daß sie mit der Mutter in den Herbstferien eine kleine Reise mache, sie habe Reisegeld geschenkt, und so wollten sie Onkel und Tante in K. besuchen. Charlotte käme auch nach Hause. Zu mir aber sagte die alte Rätin, als ich ihr die Zeitung brachte: »Christine, nun geht's auf die Reise, und wenn sie wiederkommen, ist das Feld geräumt; ich hörte heute, Monsieur wolle nächstens unsern Ort verlassen.« – Ich möchte jubeln, so glücklich bin ich, Hanna wird neue Eindrücke empfangen, und wenn sie wiederkommen, wird es sein, als ob alles ein böser Traum gewesen.

16. Sonntag nach Trinitatis.

Seit acht Tagen bin ich allein. Mir ist die Zeit im Fluge vergangen. Es gab im Garten allerlei zu tun, morgen will ich mit dem Reinigen des Hauses beginnen, damit die Heimkehrenden am Sonnabend alles blank finden. Monsieur hat sich gar nicht blicken lassen; es heißt, er habe H. verlassen, hoffentlich auf Nimmerwiedersehen. So wird Hanna sich der törichten Gedanken entschlagen und ihres Berufes, wie früher, mit Ernst warten.

17. Sonntag nach Trinitatis.

Nachdem ich gestern frische Blumen in die Vasen gesteckt und den Kaffeetisch gedeckt hatte, ging ich um 4 Uhr nach dem Posthof, um die lieben Reisenden abzuholen. Während ich vor dem Postgebäude warte, sehe ich am Fenster des Wartezimmers einen Herrn stehen. Es war der unvermeidliche Monsieur. Mein Schreck und Ärger war groß; ich sandte wütende Blicke nach dem Fenster hinauf. Was hatte er hier zu suchen? Wollte er dem jungen Herzen aufs neue Unruhe machen? Wie konnte er es wagen, sie öffentlich von der Post abzuholen? Diesmal hatte ich mich getäuscht. Die von hier abgehende Post fuhr vor. Monsieur trat in Begleitung eines andern Herrn heraus und bestieg, eine Reisedecke über dem Arm, einen kleinen Koffer in der Hand, die Post. Ich hörte ihn zu dem Herrn sagen, daß ein heute angekommener Brief ihn nötige, augenblicklich abzureisen. Der Postillion blies, die Post mit Inhalt rollte davon, während die ankommende von der entgegengesetzten Seite in den Posthof einfuhr. Ich faltete unwillkürlich meine Hände und seufzte aus tiefstem Herzensgrund: »Gott sei Lob und Dank!« Da rief eine fröhliche Stimme aus dem Wagen: »Mütterchen sieh, was unsere Christine für ein strahlendes Gesicht macht!« Ja, das strahlende Gesicht mochte wohl der Ausdruck der inneren Empfindung sein, denn in mir strahlte alles. Ich war glücklich, daß ich meine Frau und Hanna wieder hatte, und noch glücklicher, daß der Monsieur, der nicht hierher gehört, unserm Gesichtskreis entrückt war. Mir erschien auf einmal alles in verklärtem Licht. Die Herbstsonne warf ihre goldenen Strahlen im Scheiden auf die buntgefärbten Blätter der Gärten, hier und da blühten noch vereinzelte Rosen, dagegen gab es Astern und Georginen in Fülle. Wir schritten schnell unserm Hause zu. Hanna erzählte von allem Erlebten; auch Frau Pfarrer rühmte, wie erfrischend und herzstärkend die Reise gewesen. Hanna war ganz voll von Charlotte, die, auch Lehrerin, sich sehr für die Schule interessiert hatte. Hanna beschäftigte sich den ganzen Abend mit ihrem Studium und mit Verbesserung des Lehrplanes. Von Monsieur de Pierre war nicht mehr die Rede.

18. Sonntag nach Trinitatis

Alles ist wieder im alten Geleise. Die Kinder lernen fleißig, und Hanna ist wieder mit Eifer bei der Sache. Frau Pfarrer und ich haben hinreichend im Garten und Haus zu tun. So leben wir alle der Pflicht, halten unsere Abend- und Morgenandacht, nehmen an den schönen Gottesdiensten teil und führen, wie fast alle Einwohner hier, äußerlich ein christliches Leben. Gott helfe uns, daß wir auch innerlich mehr und mehr zu ernsten Christen heranreifen! Die äußere

Gewohnheit tut's nicht; der Ort, an dem wir leben, tut's auch nicht, und sei er ein reichgesegneter. Nur wenn unser Herz Jesum ergreift als seinen Erlöser und Seligmacher, dann löst es sich innerlich von der Welt und ihrem Treiben, dann wird das »Ich« in uns gekreuzigt, wir sehen nichts denn Jesum allein. Dann ist unser Herz der gesegnete Ort, ein Tempel Gottes. Das schenke uns, du treuer Gott, aus Gnaden! Mache auch das Herz unserer Hanna, das noch wie ein schwankendes Rohr im Winde hin und her getrieben wird, fest; denn »es ist ein köstlich Ding, daß das Herz fest werde, welches geschieht durch Gnade«.

22. Sonntag nach Trinitatis.

Es ist ein eigen Ding, welch verschiedenen Einfluß die Freunde auf den Menschen ausüben. Mir fällt es besonders bei meiner lieben Frau und bei Hanna auf. Frau Pfarrer ist kein selbständiger Charakter, sie bedarf einer sichern Hand, die sie leitet. Ich wollte, sie könnte mit der alten Frau Rätin zusammenwohnen. Deren Einfluß ist wie der eines guten Engels, während Fräulein Behrens zerstört, was die alte Dame aufbaut. Die letztere ist eine Neuigkeitskrämerin; sie geht gerne hin und her in den Häusern und sammelt Stoff, den sie verarbeiten kann. Es geschieht äußerlich ganz in ehrbarer Weise; sie würde empört sein, wenn man sie nicht für eine gute Christin halten würde, und doch ist oft in ihren Reden ein verborgenes Gift. Mir scheint ihr Umgang für junge Mädchen wie unsere Hanna gefährlich. Hanna schließt sich mehr an sie an als gut ist. Sie hat zweimal in der Woche Klavierstunden bei ihr; aber schon diese beiden Stunden hatten im Sommer genügt, die Bekanntschaft mit Monsieur weiter gehen zu lassen, als statthaft war. Nun ist er fort, es stehen keine Begegnungen dort zu befürchten; aber – das Schwatzen über ihn kann ebenso schaden, mir kommen immer wieder sorgende Gedanken. Fräulein Behrens war kürzlich abends zum Tee bei uns. Als sie ging, flüsterte sie Hanna etwas zu. Diese wurde rot und sagte: »Monsieur?« Darauf nickte das Fräulein, lachte und verschwand. Steht sie etwa noch brieflich mit ihm im Zusammenhang? Ich will nicht weiter darüber grübeln, sondern lieber an die prächtige Frau Rätin denken, die ich seit jenem Tage, als sie in meinem Stübchen erschien und dann so energisch bei uns eingriff, doppelt liebe und verehre. Vor ihrem lauteren Wesen muß sich jede Lüge und Unwahrheit verstecken. Sie ist vermögend, wendet aber ihren Reichtum zur Ehre Gottes an und ist die Wohltäterin der Armen.

Ich habe hier auch Freunde gewonnen, die ich erwähnen muß; es ist der Hausbesitzer und seine Frau, alte Leute, welche den obern Stock unseres Hauses bewohnen. Sie hatten früher ein Geschäft wie meine Eltern, haben sich aber jetzt zur Ruhe gesetzt und leben von ihren Zinsen. Sie sind beide fromm und gottesfürchtig und wandeln in Gottes Geboten. So ist es nicht zu verwundern, daß sie mich oft an meine Eltern erinnern und ich deshalb gern mitunter ein Stündchen mit ihnen verplaudere. Eben noch war ich bei ihnen. Da saßen die Alten in Festtagskleidern und lasen in der Bibel. Sie hatten das Hl. Abendmahl mitgefeiert, auf ihren Angesichtern lag ein himmlischer Friede. Wie traulich und schön war es bei ihnen! Der Alte saß so gerade und steif auf seinem Stuhl wie ein Jüngling. Als ich fragte, warum er sich nicht ein wenig anlehne, rief das Mütterchen: »Das tut er nie, wenn er den Festrock an hat; er denkt, der Rücken könnte schäbig werden.« – »Und sie«, fuhr der Alte fort, »macht es gerade so, wenn sie die Festtagshaube auf hat.«

Sie haben ein warmes Herz für meine Herrin und Hanna, können nicht oft genug hören, wenn ich ihnen von dem reinen Glück der Frau Pfarrer erzähle, und wie dasselbe so schnell zerstört wurde. Sie finden es ganz begreiflich, daß ich die Frau nicht verlassen habe, wenn ich auch nur Geringes für meine Leistungen bekomme. Aber ich habe ja mein kleines, elterliches Erbteil dazu und bedarf nicht mehr. Wie könnte ich je mein Versprechen, das ich dem sel. Herrn gegeben, brechen? Gott helfe nur, daß ich treu und immer treuer werde.

Der 2. Advent.

Nun läuten die Adventsglocken uns Frieden und Freude ins Herz hinein. Die selige, fröhliche Weihnachtszeit ist wieder da, wo jedermann singt: »Macht hoch die Tür, die Tor' macht weit!« Aus allen Häusern ertönen Advents- und Weihnachtslieder. Auch wir singen fleißig, Hanna übt mit den Kindern Gesänge ein. Frau Rätin hat uns auf heute Abend eingeladen; wir wollen Rosen und Lilien machen für die großen Christbäume, die am heil. Abend in der Kirche angezündet werden. Eben ruft meine Herrin, daß wir gehen wollen. Ich habe mich noch nie so auf Weihnachten gefreut, wie in diesem Jahr. Gott reinige unsere Herzen und mache sie bereit, daß der König der Ehren einziehen kann!

Am Heiligen Abend.

Heute morgen gab es noch viel zu schaffen. Auch Frau Pfarrer und Hanna waren sehr emsig, da sie gestern abend erst spät heimkehrten von Fräulein Behrens, welche sie zum Tee eingeladen hatte. Mutter und Tochter redeten viel leise zusammen, was mir nicht auffiel, da es zu Weihnachten immer Heimlichkeiten gibt. Ich habe auch welche. Für Frau Pfarrer habe ich ein Paar feine Strümpfe gestrickt, für Hanna habe ich weiße Leinwandkragen genäht, die sie sich gewünscht. Um 5 Uhr, als die Glocken uns zur Abendandacht ins Gotteshaus riefen, war alle Arbeit getan, und in

Scharen zog die andächtige Gemeinde in die hell erleuchtete Kirche, um an heiliger Stätte das Weihnachtsevangelium zu vernehmen. Zwei riesengroße Christbäume zu jeder Seite des Altars, mit Rosen, Lilien und goldenen Früchten geschmückt, strahlten mit ihren vielen Lichtern im Weihnachtsglanz. Wir sangen: »Das ew'ge Licht geht da herein, gibt der Welt ein'n neuen Schein, es leucht't wohl mitten in der Nacht, und uns des Lichtes Kinder macht.« Und die Predigt tönte an unser Herz, daß wir die Werke der Finsternis meiden sollten und Kinder des Lichtes werden. Dann sangen die Kinder vom Chor wie mit Engelsstimmen: »Vom Himmel hoch, da komm ich her.« Es war mir wie ein Vorgeschmack des Himmels, ich hätte immer bleiben mögen an dem Ort, da Gottes Ehre wohnet, da Sein Lob ertönt; ich mochte gar nicht hinaus in die Welt der Unruhe. Und hätte ich gewußt, was meiner wartete, ich hätte wohl um besondere Kraft gebeten, es zu tragen. Jetzt ist Mitternacht vorüber und der erste, heilige Feiertag schon angebrochen; doch ich vermag nicht, mich zu Bett zu legen, ich glaube, es wird mehr Ruhe über mich kommen, wenn ich alles geschrieben habe. Nachdem wir aus der Kirche zurück waren, merkte ich, daß Frau Pfarrer und Hanna sehr aufgeregt waren. Sie mußten etwas Besonderes haben. Die Bescherung war fertig im besten Zimmer, es mußte nur noch der Baum angezündet werden. Anstatt nun dies vorzunehmen, sagte Frau Pfarrer: »Christine, wir wollen erst um 8 Uhr bescheren. Du kannst ein Stündchen zu deinen Freunden nach oben gehen. Wir rufen dich, wenn es so weit ist.« Unsere alten Wirtsleute hatten mich aufgefordert, am Weihnachtsabend ein Stündchen zu ihnen zu kommen, wenn es unten paßte. Obwohl mir die Verzögerung der Bescherung auffiel, so grübelte ich doch nicht weiter und ging. Es war lieblich und traulich bei den Alten im Weihnachtsstübchen. Wir sangen miteinander Weihnachtslieder, aber zwischendurch horchte ich immer, ob Frau Pfarrer mich nicht rief. Da sah mich der alte Mann so seltsam an und sagte: »Sollte dort unten wohl etwas vorgehen? Der Ausländer ist wieder da. Ich sah ihn gestern Abend in das Haus des Fräulein Behrens gehen.« Ich weiß nicht, wie mir geschah; es war, als ob mir das Herz still stehen wollte, ich saß wie versteinert da.

»Aber Christinchen, wie sehen Sie denn aus?« rief die Alte. »Sie werden ja kreideweiß, nehmen Sie sich's doch nicht so zu Herzen! Es wäre doch kein Unglück, wenn das junge Fräulein freite, und noch dazu einen so schmucken, jungen Herrn, der sehr vermögend sein soll.« – »Aber er wird sie nicht glücklich machen, das sagt mir eine innere Stimme«, rief ich erregt. »Und es darf nicht –« Da rief es: »Christine, Christine!« Ich flog mehr hinunter als ich ging. Kaum war ich im Vorzimmer, da kommt Hanna gelaufen, fällt mir um den Hals und ruft unter Lachen und Weinen: »Liebste Christine, hast du schon eine Braut gesehen? Sieh mich nur an, ich bin eine! O so viel Glück auf einmal, ich kann's nicht fassen. Denke dir, der gute Monsieur de Pierre will mich armes Mädchen zu seiner Frau machen, dieser reiche, hübsche, vornehme, kluge und fromme Mann! Aber Christine, du sagst ja gar nichts, freust du dich denn nicht mit uns? Es ist alles so schnell gekommen, und gerade am Weihnachtsabend; nun sollst du auch kommen und meinen lieben Bräutigam sehen und zugleich deine Bescherung in Empfang nehmen. Komm doch und sieh nicht so sauer drein! Mama und ich sind beide so glücklich, und Gustav ist so gut.« – Mit diesen Worten zog sie mich in die Stube, die im hellen Weihnachtsglanz strahlte. Da konnte ich denn die größte Überraschung sehen: Monsieur, wie er leibte und lebte, als Bräutigam unserer Hanna. Wie ich aussah, weiß ich nicht. Ich weiß nur, daß er Hanna umfaßte, mit ihr auf mich zukam und sagte: »Fräulein Christine, Sie stehen da wie eine Leichenbitterin, machen Sie doch ein freundlicheres Gesicht und wünschen Sie uns Glück.«

Ich überwand mich, reichte beiden die Hand und sagte, daß ich Gott bitten wolle, sie für Zeit und Ewigkeit zu segnen. Dann ging ich auf Frau Pfarrer zu, welche glücklich und bewegt dreinschaute. »Christine«, sagte sie, »du hast das schwere Leid, das über mich kam, mit mir getragen, nun sollst du auch die glücklichen Zeiten mit uns durchleben.« – »Wenn Sie glücklich sind, Frau Pfarrer, will ich's auch sein, Gott segne unser Kind!« Dann nahm ich meine Geschenke in Empfang, dankte und ging in die Küche. Ich trug das Abendbrot auf, verrichtete meine Obliegenheiten, aber alles wie im Traum; ich konnte mich nicht zurechtfinden. War dies der Heilige Abend? Ich hörte Fräulein Behrens kommen, es wurde gelacht und gejubelt; ich konnte keine Freude daran finden, ich hatte das Gefühl, als ob der Heiland nicht nahe sei. Die schöne Feier in der Kirche war mir wie ein längst vergangener Traum. Ich muß immer wieder denken: wie konnte sich dies alles vollziehen, und ohne daß ich das Geringste merkte? Morgen werde ich wohl alles erfahren. Was wird Frau Rätin sagen!

Am ersten Feiertag.

Frau Pfarrer war heute früh auf. Sie sagte, ich habe das Recht, in ihr Vertrauen gezogen zu werden, da ich ihr jahrelang Treue bewiesen und Hanna mit auferzogen habe. Es sei ihr die Verlobung sehr schnell über den Kopf gekommen, Fräulein Behrens habe sie vorgestern zum Tee geladen; da sei ein Brief von Monsieur dagewesen, in dem er um die Hand ihrer Tochter angehalten habe. Sie sei entschieden dagegen gewesen, da Hanna noch jung und unerfahren sei und sie Monsieur nicht genug kenne, um die Bürgschaft zu haben, daß er ihr Kind glücklich machen würde. Da habe aber Hanna entschieden erklärt, sie liebe ihn und wolle ihn und keinen andern; und als sie, die Mutter, noch gezögert, habe auch Fräulein Behrens sie überstimmt, daß sie nicht anders gekonnt, als »ja« zu sagen. Sie wolle aber noch zum Herrn Pfarrer gehen und ihn um Rat fragen. Ich wandte bescheiden ein, daß es nun, da die Sache entschieden sei, zu spät sein werde, und fragte, ob Frau Rätin davon wisse. Frau Pfarrer wurde verlegen und meinte, sie wolle es ihr heute mitteilen. Sonst solle die Verlobung erst auf Neujahr veröffentlicht werden, Monsieur und Hanna würden sich nicht eher zusammen zeigen, bis der Vormund seine Zustimmung gegeben und die Anzeigen gedruckt seien. Als wir noch zusammen sprachen, erschien Hanna, strahlend glücklich, und ein wenig später kam Monsieur die Treppe heraufgestürmt, um seiner Braut »Guten Morgen« zu sagen und den Kaffee bei uns zu trinken. Ich konnte einen leisen Seufzer nicht unterdrücken. Tag für Tag Monsieur hier im Hause zu haben, ihn mit durchfüttern – ich hab's schon an dem einzigen Tag gemerkt, was ein Herr verzehrt! Und dann Monsieur und die Schulkinder zusammen! Ich kann wohl sagen: mir graut so, daß ich am liebsten davonliefe. Wie ganz anders hatte ich mir das Fest gedacht! Sogar Frau Pfarrer sagte heute Abend, nachdem viel gelacht und gescherzt worden war: »Die Gedanken sind so zerstreut, wir wollen doch eine Weihnachtsbetrachtung lesen.« Es geschah auch, doch sahen sich die beiden immer verstohlen an, Andacht war nicht dabei. Ich mußte an den sel. Herrn Pfarrer denken und Vergleiche ziehen. Er würde an solchem Fest den Heiland obenan gestellt und uns alle hinaufgezogen haben zu Ihm, und so hätte es jeder ernste Christ gemacht. Es ist ja kein Unrecht, sich auf Weihnachten zu verloben, aber des Herrn, welcher der Dritte im Bunde sein muß, und Seines Festes vergessen, das ist unrecht und kann keinen Segen bringen.

Neujahr 1869.

Meine Frau ist beim Herrn Pfarrer gewesen. Er hat sehr verwundert dreingeschaut und hat gemeint, es wäre besser gewesen, er würde früher um Rat gefragt worden sein. Dann würde er geraten haben, den jungen Mann erst auf die Probe zu stellen. Er kenne denselben sehr wenig, und ihn dünke, zum Heiraten seien beide noch zu jung. Jedenfalls würde er nun raten, noch etliche Jahre mit der Heirat zu warten; es würde sich dann zeigen, ob die Liebe rechter Art sei. – Auch bei Frau Rätin ist Frau Pfarrer gewesen. Sie kam sehr gedrückt zurück und sagte mir, daß die alte Dame sehr ernst gewesen sei, daß sie ihr die Sache fast habe leid machen wollen. Sie sei sehr betrübt und meine, der Kinder wegen sei es schade; sie sei gewissermaßen verantwortlich für die Schule, da sie Hanna empfohlen. Es sei ihr gar nicht lieb, daß es so bald ein Ende habe usw. Ich mußte der alten Dame im Herzen beistimmen und stellte der Frau Pfarrer vor, daß Hanna fortan keine Zeit und Lust haben würde, der Schule vorzustehen; sie werde durch die Sorgen um ihr künftiges Heim zu sehr abgelenkt werden. Wie alles werden soll, steht mir dunkel vor Augen. Ein neues Jahr liegt vor uns. Gott wolle alles zum besten lenken!

1. Sonntag nach Epiphanias.

Das hat ein Aufsehen und ein Verwundern im Ort gegeben. Fräulein Hanna verlobt! Und noch so jung! Wie wird es mit der Schule? Was ist eigentlich dieser Monsieur? So tönte es durcheinander. Die letzte Frage habe ich selbst schon einigemal in Bescheidenheit aufgeworfen. Dann heißt es immer: »Er bekommt nächstens eine schöne Anstellung an der Post, vorderhand bleibt er hier; er kann es, er ist ja so reich.« Daß dieser Reichtum für uns sehr greifbar wäre, kann man nicht behaupten. Im Gegenteil – Monsieur läßt es sich bei uns sehr wohl sein, ist häufig unser Gast zu Mittag und zum Abendbrot, und wir müssen große Anstrengungen machen, daß wir mit Ehren durchkommen. Früher nahmen wir oft mit Übriggebliebenem vorlieb; wenn es aber heißt: »Monsieur kommt«, soll es immer etwas Gebratenes und Gesottenes sein. Ich muß ihm manchen Leckerbissen auf Hannas Bitte besonders bereiten. Hoffentlich wird er seiner Schwiegermutter einmal alles reichlich vergelten, was sie jetzt an ihm tut. Wenn er wirklich so reich ist, wird er ihr doch ein bequemes, sorgenfreies Alter schaffen. Nun ist es beschlossen, daß Hanna zu Ostern die Schule in andere Hände übergibt, dann wird unsere Einnahme sehr gering, und wie es mit der Aussteuer wird, weiß ich nicht.

3. Sonntag nach Epiphanias.

Die neue Lehrerin ist gefunden. Fräulein Charlotte, Hannas Bäschen, hat sich bereit erklärt, die kleine Schule zu übernehmen. Sie wird sich bei uns in Kost geben, auch hier wohnen. Ich bin sehr froh darüber. Charlotte ist ein gutes und tüchtiges Mädchen; ich hatte sie als Kind schon lieb. Hanna hat jetzt nur Sinn und Augen für »Monsieur« und für das, was sie als Aussteuer mitbekommen. Die Schule ist ihr Nebensache geworden. Einzelne Eltern haben offen ihre Unzufriedenheit geäußert, zwei Kinder sind fortgenommen und nach der Stadt in Pension gegeben. Mir tut es weh. Hanna hat so gute Gaben, ihre Ausbildung hat viel Geld gekostet. Sie erwies sich anfangs als tüchtige Lehrerin; nun sollte sie doch ihre Aufgabe treu zu Ende führen, bis die Schule in andere Hände übergeht. Aber der Eifer ist dahin, deshalb ist es gut, wenn je eher je lieber Ersatz kommt.

»Monsieur« ist zuweilen acht Tage fort; aber ehe man sich's versieht, ist er wieder da. Die Liebe der beiden zueinander ist sehr feurig; es wäre gut, wenn sie etwas weniger sichtbar für andere wäre. Der lieben Frau Pfarrer macht die Aussteuer viel Sorge, sie denkt daran, sich an reiche Verwandte ihres sel. Mannes zu wenden, ob ihr dieselben nicht behilflich sein wollen zur Beschaffung des Notwendigen. Hanna möchte alles gern recht fein und recht schön haben. Es tut mir so leid, daß in dieser Zeit, in der ihr reiches Glück zuteil geworden, die Selbstsucht sich mehr zeigt. Ich meine, das Glück müsse demütig und dankbar machen.

Reminiscere.

Heute war ein stiller Fastensonntag. »Monsieur« war abgereist, und wir waren alle in der Kirche. Am Nachmittag bemerkte ich zu meiner Freude, daß Hanna nach ihrer Bibel griff. Ich konnte nicht umhin, zu sagen: »Wie freue ich mich, Hanna, ich glaubte schon, du habest deinen Heiland ganz vergessen.« Sie wurde rot und meinte: ich sei nicht wie sonst gegen sie, es scheine ihr, als gönne ich ihr das große Glück nicht usw. Ich erwiderte ihr darauf: ihr Glück sei auch mein Glück, aber sie solle mir nicht zürnen, wenn ich sie bäte, ihren Pflichten in der Schule etwas mehr nachzukommen. Es sei mir zu Ohren gekommen, daß die Kinder geäußert, es komme nicht mehr genau darauf an, ob sie etwas gut wüßten oder nicht, das Fräulein achte nicht mehr wie früher darauf. Sie wurde wieder rot und sagte unwirsch: »Die dummen Kinder!« und verließ das Zimmer. Ich habe ihr nicht weh tun wollen, aber es war meine Pflicht, zu reden und nicht zu schweigen, zumal ich selbst merke, wie sehr sie darauf bedacht ist, sich ihrer Pflichten so schnell wie möglich zu entledigen. Wie leid ist es mir um meine liebe Hanna! Ich glaube, Frau Pfarrer merkt es auch; sie kommt mir oft still und gedrückt vor, sagt aber nichts. O wenn die Versuchungen des Lebens herantreten an die jungen Seelen, die noch nicht fest gegründet sind im Glauben, wie leichtes Spiel hat der Versucher, sie abwendig zu machen von dem schmalen Weg, sie zu verblenden, daß sie mit sehenden Augen nicht sehen. Der Herr behüte uns vor allem Übel!

Quasimodogeniti.

Das schöne Osterfest ist vorüber mit seinen Segnungen. Aber die Feiertage waren *Tage der Unruhe.* Man hat den ganzen Tag für den Herrn Bräutigam, der natürlich längst wieder da ist, zu sorgen; und er tut nichts dazu, es zu einer gesegneten Stille kommen zu lassen. Als er einmal mit seiner Braut wohl eine Stunde lang gelacht und geplaudert hatte, konnte ich nicht umhin, zu sagen: »Sie könnten wohl auch mit Hanna eine Osterbetrachtung lesen!« Er wurde rot und antwortete: »Sie nehmen sich viel heraus, Fräulein Christine.« Frau Pfarrer meinte jedoch, es sei ihr aus der Seele gesprochen, holte ein Buch, legte es vor »Monsieur« hin und sagte in ihrer sanften Weise: »Lieber Gustav, Sie lesen uns wohl vor.« Er strich sich den blonden Schnurrbart, sagte: »Gewiß!« und begann zu lesen, rückte jedoch immer mit dem Stuhl unruhig hin und her. Ich ging dann noch ein Stündchen nach oben zu meinen alten Freunden. In deren Stübchen herrschte Osterfreude und Osterfriede.

Nun ist die erste Woche nach Ostern schon dahin, und seit gestern weilt ein neues Familienglied bei uns. Frau Pfarrer war mit dem Brautpaar spazieren gegangen, ich hatte in der Küche zu tun, da klingelte es an der Haustür. Als ich auf den Hausflur kam, stand ein Fräulein vor mir. Sie hatte angenehme Gesichtszüge und lächelte mich an. – »Nun, Fräulein Christinchen, Sie kennen mich wohl nicht mehr?« – »Fräulein Charlotte«, rief ich erfreut, »es ist gut, daß Sie da sind –«

Tränen erstickten meine Stimme; ich weiß nicht, woher es kam, aber ich mußte weinen, es hatte sich schon lange angesammelt, hatte schon längst wie ein Stein auf meiner Brust gelegen. Nun kam es heraus. »Mit Tränen werde ich empfangen?« sagte das liebe Fräulein traurig. »Ich hoffte, es würde jemand an der Post sein, mich abzuholen; ich hatte doch geschrieben, daß ich heute nachmittag um 5 Uhr eintreffen würde.« – Ich trocknete meine Tränen und sagte verwundert: »Sie haben geschrieben? Das ist wohl ein Irrtum, hier hat niemand etwas gewußt! Wir glaubten, Sie würden am Dienstag kommen, da die Schule nächsten Donnerstag ihren Anfang nimmt. Nun ist Ihr kleines Zimmer nicht einmal in Ordnung; wir wollten am Montag alles einrichten.« – Charlotte schüttelte den Kopf, sagte aber nichts. Ich nötigte sie herein, versorgte sie mit Kaffee und lief dann, um das Zimmer, das sie bekommen sollte neben der Schulstube, instand zu setzen. Als ich eben an der Arbeit war, kam Hanna gelaufen. »Christine«, rief sie zum offenen Fenster herein, »ich habe ganz vergessen, dir zu sagen, daß mein Bäschen heute kommt.« – »Sie ist bereits da!« – »Charlotte ist da?« rief Hanna rot erglühend, »wie dumm, daß ich es vergaß.«

Es war mir nichts Neues, daß Hanna etwas vergaß. Es tat mir nur weh, daß Charlottchen einen so schlechten oder vielmehr gar keinen Empfang gehabt hatte. Nun umarmten sich die Bäschen und küßten sich, während ich dem Fräulein noch eine Tasse Kaffee einschenkte. Hanna rief immer wieder: »Sei nur nicht böse, Charlotte, daß ich dein Kommen vergaß.« – »Einer Braut muß man manches nachsehen«, meinte Charlotte. Dann faßte sie Hanna an beiden Schultern und sagte: »Du hast mir schon viel von deinem Verlobten geschrieben und mußt deiner Beschreibung nach ein großes Glück gemacht haben. Nun sage mir nur das

Eine, das ich noch nicht weiß, welchen Lebensberuf hat dein Zukünftiger?« – Er – – er – –« stotterte Hanna, »er – bekommt sehr bald eine Anstellung bei der Post. Er muß sich jetzt erholen, da seine Augen leidend sind. Er ist aber reich.« – »Dann hat er dir wohl schon schöne Geschenke gemacht und tut deinem Mütterchen viel zugute?« – Hanna schwieg; sie konnte in Wahrheit nicht sagen, daß dies der Fall sei. »Ich bin sehr gespannt auf deinen Bräutigam«, fuhr Charlotte fort. – »Heute abend werde ich ihn dir vorstellen, er kommt zum Abendbrot.«

»Monsieur« war, wie immer, auch diesen Abend gesprächig und heiter; seine witzigen Einfälle erregten die Lachlust, besonders bei Hanna. Als er gegangen war, zeigte sich die sonst lebhafte Charlotte auffallend still. Sie beantwortete alle Fragen einsilbig; erst als Hanna fragte: »Wie gefällt dir Gustav?« sagte sie offen und ehrlich, wie es ihre Natur war: »Ich muß gestehen, daß ich sehr enttäuscht bin.« – »Sehr schmeichelhaft für mich«, versetzte Hanna gereizt. – »Wenn du mich fragst, muß ich dir die Wahrheit sagen. Die ganze Familie war überwältigt von dem großen Glück, das ihr in den Schoß gefallen, als du schriebst, du habest dich mit dem jungen, schönen, frommen und klugen Ausländer verlobt. Der alte Vormund, der telegraphisch seine Einwilligung geben mußte, meinte, es sei hier alles beisammen, was man sich wünschen könnte.« – »Und nun?« fragte Hanna erregt. – »Nun finde ich einen ganz gewöhnlichen Alltagsmenschen, der mir einen etwas hohlen Eindruck macht, der mich, wenn ich es dir offen sagen soll, durchaus nicht anzieht.« – »Du sollst ihn auch nicht heiraten«, versetzte Hanna spitz, während Frau Pfarrer ganz erschrocken dreinschaute. Ich ging hinaus, aber ich hörte, wie beide noch lange laut sprachen. Sogar Frau Pfarrer, die immer sanfte, wurde erregt. Ich hörte sie sagen: »Ich freue mich über meines Kindes Glück und zürne jedem, der es ihr mißgönnt.« Ich aber merke, daß Charlottchen ganz denkt wie ich. Wie gern wollte ich mich geirrt haben!

Cantate.

Alles steht im Frühlingsschmuck. Die Vöglein singen und zwitschern an meinem Fenster und in den Bäumen. Das goldene Kreuz des Kirchturms funkelt hell im Sonnenschein. Von unten herauf tönt lieblicher Gesang. Charlotte singt mit einigen Schulkindern, die sie sich zum Sonntag nachmittag eingeladen hat. Alles atmet Friede und Freude. Frau Pfarrer sitzt im Garten und liest mit großer Befriedigung immer und immer wieder einen Brief von Hanna, die augenblicklich bei ihren Schwiegereltern weilt in Amsterdam. Sie ist dahin eingeladen worden und beschreibt mit großem Entzücken das Leben in dem reichen Kaufmannshause. Der Papa ist ein strenger Mann, die Schwiegermutter eine ruhige, wortkarge Frau. Sie sind sehr liebenswürdig gegen Hanna, haben ihr aber gesagt, daß Gustav etwas zum Leichtsinn neigt und daß sie sich deshalb freuen, daß er eine einfache, sparsame Frau bekommt. »Das Vertrauen«, schreibt sie, »werde ich rechtfertigen; ich werde meinem Gustav eine tüchtige Hausfrau sein.« Frau Pfarrer hat mir den Brief vorgelesen, ich freue mich mit ihr der guten Nachrichten. Sie sollte mitreisen, konnte es aber der Kosten wegen nicht. Da nun zufällig von hier eine ältere Dame nach A. fuhr, konnte Hanna in ihrer Begleitung reisen. »Monsieur« redete viel von einer Stelle, die er in Aussicht habe. Er macht deshalb eine Reise und will dann ebenfalls nach A., um mit Hanna daselbst zusammenzutreffen. Uns tut diese Zeit des Friedens sehr wohl. Charlotte lebt sich mehr und mehr ein. Anfangs wollte alles nicht recht gehen. Sie fühlte sich vom Geistlichen mit Mißtrauen angesehen, auch die Eltern der

Kinder brachten ihr nicht die Herzlichkeit entgegen, welche Hanna zuerst erfahren; so hatte sie einen viel schwereren Anfang als diese. Aber bald gewann sie sich die Herzen der Kinder und durch diese die der Eltern; jetzt ist sie beliebter, als Hanna je gewesen. Sie hat beim Unterrichten keine Nebengedanken, so haben die Kinder beim Lernen auch keine. Sie ist selbstlos und aufopfernd, und hat trotz ihrer Klugheit ein einfaches, kindliches Wesen. Mir ist, als hätte ich eine Freundin gewonnen. Ich fürchtete zuerst, es würde mit ihr und Hanna zusammen nicht gut gehen; denn Charlotte sagt alles ehrlich und gerade heraus, wie sie denkt, und Hanna ist empfindlich. Aber Charlotte ist nicht viel bei der Familie, ihre Schule nimmt sie ganz in Anspruch, und abends bleibt sie oft in ihrem Zimmer. Sie hat auch Taktgefühl und vermeidet, wenn sie mit Frau Pfarrer und dem Brautpaar zusammen ist, über Dinge zu sprechen, in welchen sie nicht übereinstimmen.

Trinitatis.

Hanna ist von ihrer Reise zurück. Sie weiß nicht genug zu rühmen, wie vornehm und großartig alles bei den Schwiegereltern gewesen. Wenn sie deren Gottesfurcht oder Frömmigkeit hatte rühmen können, so würde man fröhlicher in die Zukunft schauen. »Monsieur« soll nun wirklich eine Stelle in Aussicht haben, und dann soll die Hochzeit bald stattfinden. Frau Pfarrer ist es nicht recht; sie bittet Hanna täglich, noch zu warten, aber dann gibt es Tränen, und schließlich gibt die Mutter in allem nach. Hanna bekommt, dank der gütigen, reichen Verwandten ihres verstorbenen Vaters, alles sehr reichlich und gut. Wir haben Schneiderinnen und Näherinnen sitzen, es wollen täglich viele satt werden. Die Arbeit will ich gern verrichten, aber das Haushalten macht Sorgen. Frau Pfarrer gibt mir nur ein geringes Wochengeld;

ich weiß oft kaum, wie ich es einrichten soll, um alle zu sättigen. Charlotte bezahlt Kostgeld; doch kann sie von dem wenigen, was sie einnimmt, auch nur wenig zahlen. Sie hat mir aber schon mitunter etwas in die Küche gebracht; so legte sie gestern eine schöne, rundliche Wurst auf den Tisch und sagte: »Hier, Christinchen, ist etwas, damit Sie nicht verzagen. Sagen Sie aber der Tante nichts!« Sie durchschaut alles; sie weiß, daß es viel kostet, wenn »Monsieur« täglich aus- und eingeht, und ebenso, wie's ist mit den vielen fremden Menschen. »Monsieur« ist wieder hier, es muß wohl mit der Stelle nichts geworden sein.

2. Sonntag nach Trinitatis.

Nun wird mit aller Macht auf die Hochzeit gerüstet. »Monsieur« hat in einer kleinen Stadt, weit von hier, eine Anstellung gefunden; nur wird es uns nicht klar, ob es bei der Post oder der Eisenbahn ist. Auch scheint die Einnahme nicht besonders hoch. Ich hörte nur, daß Charlotte zu Frau Pfarrer sagte: »Aber, liebe Tante, denkst du denn, daß das junge Paar mit so wenigem reichen wird? Es müßte denn sein«, setzte sie hinzu, »daß Gustav von zu Hause einen bedeutenden Zuschuß bekäme.« – »Ja, er wird gewiß einen Zuschuß bekommen, seine Eltern sind ja vermögend«, erwiderte Frau Pfarrer zuversichtlich. Hanna und »Monsieur« schwelgen in dem Gedanken, bald ein eigenes Heim zu haben. Ich denke, es wird uns allen wohl sein, wenn die Hochzeitsunruhen vorüber sind.

10. Sonntag nach Trinitatis.

Die Hochzeit ist gewesen. Das junge Paar ist abgereist, Koffer und Kisten sind an ihren Bestimmungsort abgesandt. Es wurde Hanna zum Schluß doch schwer, von allem, was ihr lieb war, zu scheiden. Die Frau Pfarrer hat viel geweint und

Hanna zu allem Guten ermahnt, hat ihr auch viel von ihrem seligen Vater zählt und wie sie als junge Leute ihren Ehestand angefangen. Hanna hat die besten Vorsätze, sie will mit ihrem Mann ein christliches Leben führen. Gott der Herr gebe Seinen Segen dazu; denn der Geist ist willig, aber das Fleisch ist schwach. – Die Hochzeit hat in christlicher Weise stattgefunden. Die Brautjungfern, zwei Schulfreundinnen von Hanna, die zum Fest gekommen waren, hatten sich mit blühender Heide geschmückt. Die Braut sah lieblich aus, als sie vor dem Altar stand in ihrem schlichten weißen Kleid und dem grünen Myrtenkranz. Der Herr Pfarrer redete gar schön und eindringlich mit den Zweien, legte ihnen besonders ans Herz, daß sie nun, da sie in die Welt hinauszögen, im Gewirre des Lebens ihres Heilandes nicht vergessen sollten. – Unser Häuschen war festlich geschmückt. Im Schulzimmer, das mit vielen Blumengewinden verziert war, wurde gegessen. Auf der Tafel prangten schöne Blumen. Der Herr Pfarrer war als Gast anwesend, er selbst stimmte bei Tisch geistliche Lieder an, die dem Fest einen lieblichen Anstrich verliehen. Dann fuhr der Wagen vor, der das junge Paar entführte. Hanna, im grauen Reiseanzug, nahm unter Tränen Abschied. Ihr »Monsieur« setzte sich neben sie, strich sich den Schnurrbart, grüßte nach rechts und links, und fort ging's in die weite Welt. – Herr Pfarrer hat ihnen eine Bibel zur Hochzeit geschenkt. Möchten sie sich fest an Gottes Wort halten! Das allein ist Stern und Kern unseres Lebens; ohne dasselbe sind wir wie das Schiff, das sein Steuer verloren hat und den Wellen preisgegeben ist. Wer Gottes Wort nicht hat, kann sich in dem Strudel des Lebens nicht oben halten, er muß untergehen und ewiglich verderben.

7. Sonntag nach Trinitatis 1870.

Fast ein Jahr ist vergangen. Unser Leben ist friedlich und still dahingeflossen. Da ich gewöhnlich Sonntag abend mit Frau Pfarrer und Charlotte zusammengesessen bin, so ist aus dem Schreiben nichts geworden. Nun gibt es allerlei aufzuzeichnen, und da ich heute allein zu Hause bin, will ich das Versäumte nachholen. Von dem jungen Paar gingen in der ersten Zeit regelmäßig Briefe ein. Alles atmete Glück und Freude, und Frau Pfarrer strahlte in dem Gedanken an ihre Hanna. Ihr höchster Wunsch ist nun, das Glück ihrer Kinder mit eigenen Augen zu sehen; doch treten jetzt, angesichts der politischen Verhältnisse, alle eigenen Wünsche zurück. Der Ausbruch des Krieges läßt jeden bleiben, wo er ist. Alles ist in Unruhe und bangem Zweifel. – Unsere liebe Frau Rätin ist nach längerem Leiden heimgegangen. Sie starb am Ostersonnabend im festen Glauben an ihren Heiland. Ihre letzten Worte waren: »Ich weiß, daß mein Erlöser lebt.« – Unserer lieben Frau Pfarrer hatte sie eine kleine Summe Geldes vermacht, was für dieselbe eine reiche Hilfe ist. Fräulein Behrens ist an einen andern Ort gezogen, wir vermissen sie nicht.

8. Sonntag nach Trinitatis.

Hanna ist da! Heiter und lächelnd trat sie am Mittwoch plötzlich in die Laube, in welcher wir am Nachmittag saßen und Bohnen schnitten. Auf unsere erfreuten Ausrufe erklärte sie fröhlich, ihr lieber Mann sei einberufen, und so habe sie sich gedacht, sie selber sei wohl am besten zu Hause aufgehoben. »Ja«, meinte Charlottchen, »er als Ausländer kann ja gar nicht einberufen werden. Das hängt wohl anders zusammen.« Sie blieb dabei, er sei einberufen. Als aber dann der erste Brief von ihm kam, sagte sie bei Tisch: sie müsse ihren Irrtum berichtigen, einberufen sei Gustav nicht, er habe sich aber freiwillig als Krankenpfleger gestellt und warte nun auf Anstellung. Dies schien der Frau Pfarrerin gar nicht recht; sie meinte, wer verheiratet sei, müsse froh sein, daheim bleiben zu können, worauf die junge Frau begeistert antwortete, daß es doch schön sei, in Zeiten des Krieges seine eigenen Angelegenheiten dem Wohl des Landes zu opfern. »Und überdies, Mama«, fügte sie schmeichelnd hinzu, »mußt du dich doch freuen, deine Tochter hier zu haben.« Ja, wir freuten uns schließlich alle, Hanna einmal wieder zu sehen; sie ist fröhlich und guter Dinge und scheint recht glücklich zu sein.

9. Sonntag nach Trinitatis.

Gestern war ein heißer Tag. Es gab gegen Abend ein starkes Gewitter. Nach demselben erfrischten wir uns draußen im Garten. Hanna schüttelte in jugendlichem Übermut den Regen von den Bäumen. Da knirschte der Sand, Männertritte ließen sich hören und, ehe wir's uns versahen, stand Monsieur de Pierre in unserer Mitte. Hanna umschlang ihn mit den Worten: »Gustav, bist du wieder da?« Er strich sich den blonden Schnurrbart nach allen Seiten und sagte: »Ja, ich bin wieder da.« – Ich sah Charlotte an, Charlotte sah mich an, Frau Pfarrer aber sagte freundlich: »Nun, hoffentlich entführst du uns Hanna nicht gleich heute abend. Ihr könnt wohl bis morgen bleiben?« – »Gewiß, liebe Mutter«, erwiderte Monsieur, »auch gern noch länger, wenn es dir eine Freude ist. Ich bin bei der Krankenpflege nicht angekommen, der Andrang ist bereits zu groß.« Er strich sich den Schnurrbart und fügte stockend hinzu: »Und das Dumme von der Geschichte ist: ich habe darüber meine Stelle verloren und muß mir erst eine andere suchen, was aber jedenfalls baldigst geschehen wird. Wir nehmen deine Gastfreundlichkeit also von Herzen gern an.«

Mir lief es eiskalt über den Rücken. Das junge Paar ohne

Stelle quartiert sich hier bei der Mutter ein! Das kommt mir sehr sonderbar vor. – Charlottchen konnte es nicht lassen, zu sagen: »Lieber Vetter, ich finde es merkwürdig, daß Sie Ihre Stelle aus solchem Grunde verloren haben. Das verstehe ich nicht.« – »Es ist einmal so«, sagte er mit kurzem Achselzucken und wußte dann gewandt auf einen andern Gegenstand überzuspringen. Ich ging an meine Arbeit. Erst richtete ich ein Abendessen her für die vielen Menschen und überzählte seufzend mein Wochengeld mit dem aufrichtigen Wunsch, »Monsieur« möge nicht gar zu lange unser Gast bleiben. Dann kam Frau Pfarrer, um mit mir zu beraten, wo wir die Gäste einquartieren wollten. Es blieb nicht viel Wahl. Die gute Mutter opferte ihre Schlafstube und behalf sich mit dem Sofa des Wohnzimmers.

13. Sonntag nach Trinitatis.

Monsieur de Pierre ist da mit seiner Frau und bleibt da. Sie lassen es sich wohl sein bei der Mutter. Charlotte läßt sich außer den Mahlzeiten wenig sehen, sie bleibt meistens in ihrem Zimmer. Dann und wann schaut sie zu mir herein in die Küche und sagt: »Christine, wie lange soll das noch währen?« Ich habe mein reichlich Teil Arbeit, auch im Garten gibt es viel zu tun; wenn »Monsieur« nur Lust hätte, anstellen wollte ich ihn wohl. Hanna legt oft die Hände in den Schoß, wenn sie hätte mit zugreifen können. Frau Pfarrer seufzt, hat aber nicht den Mut, der Sache ein Ende zu machen. Die Leute im Ort reden schon darüber; mir ist es unangenehm, wenn ich gefragt werde, was es mit den jungen Leuten auf sich hat. Der Herr Pfarrer, der einmal bei uns vorsprach, machte ein sehr ernstes Gesicht, als er hörte, »Monsieur« sei ohne Stelle; er riet ihm dringend, so bald als möglich wieder einen Beruf zu ergreifen.

15. Sonntag nach Trinitatis.

Am letzten Mittwoch gab es eine peinliche Stimmung. Wir gingen, wie gewöhnlich, in den Wochengottesdienst, das junge Paar schloß sich uns an. Da öffnete der Herr Pfarrer die Bibel und las den Text des Tages, 2. Thess. 3, 10 – 12: »Und da wir bei euch waren, geboten wir euch solches, daß, so jemand nicht will arbeiten, der soll auch nicht essen. Denn wir hören, daß etliche unter euch wandeln unordentlich und arbeiten nichts, sondern treiben Vorwitz. Solchen aber gebieten wir und ermahnen sie durch unsern Herrn Jesum Christum, daß sie mit stillem Wesen arbeiten und ihr eigenes Brot essen.« Er las die Worte mit Betonung, und alle sahen auf Monsieur, der sich wohl auch getroffen fühlte, denn er wurde rot. Nun begann die Auslegung. Erst sprach der Herr Pfarrer von den groben Vagabunden, welche die Arbeit scheuten und sich bettelnd herumtrieben, dann aber sagte er, es gäbe auch eine feine Art des Vagabundentums, es gäbe Leute, denen man den Vagabunden äußerlich nicht ansehe; nein, sie gingen fein und geschniegelt einher und dennoch arbeiteten sie nichts, sondern trieben Vorwitz. Solchen gebiete er, daß sie dem Müßiggang absagten. Lieber sollten sie gehen und Holz hacken, als müßig stehen und nicht ihr eigenes Brot essen. – Ich war dunkelrot vor Scham und wagte nicht aufzusehen; Charlotte, die neben mir saß, machte ein ganz merkwürdiges Gesicht, Hanna sah beleidigt aus, und »Monsieur« drehte wie immer an seinem Schnurrbart; man konnte nicht sehen, fühlte er sich betroffen oder nicht. Beim Ausgang aus der Kirche steckten die Leute die Köpfe zusammen, ich hörte ein paar alte Frauen im Vorübergehen zueinander sagen: »O, da fehlte ja nur noch der Name.«

Die öffentliche Zurechtweisung ist nicht ohne Wirkung

geblieben. Eines schönen Tages erklärte »Monsieur«, abreisen zu wollen; Hanna, die noch bleiben sollte, stimmte dafür, gleich mitzureisen. Nach einigen Tagen kam ein Brief, daß sie gefunden, was sie suchten; aber ein Umzug sei damit verbunden, da Gustav in einem andern Ort eine Anstellung auf einer Kanzlei gefunden. Frau Pfarrer weinte; ich glaube, sie fühlt, daß Hanna nicht den Halt fürs Leben hat, dessen sie bedarf. Sie will bald selbst zu den jungen Leuten reisen und sehen, wie sie's treiben. Uns gegenüber läßt sie nichts auf »Monsieur« kommen. Er macht ihre Hanna glücklich; das ist ihr genug.

16. Sonntag nach Trinitatis.

Dieser »Monsieur« versteht aber auch, sie zu umgarnen. In dieser Woche kam ein höchst liebenswürdiger Brief, in welchem er mit sehr feinen Worten seine Schwiegermutter ersucht, ihm eine Summe Geldes zum Umzug vorzustrecken. Sein Vater habe ihm schon in diesem Jahr mehrere Summen gegeben, er möchte ihn jetzt nicht wieder angehen; er wisse, seine Schwiegermutter tue es gern usw. Er hatte gehört, daß Frau Pfarrer etwas von Frau Rätin geerbt habe, und mit Leichtigkeit zog er es der unkundigen, sanften Frau aus der Tasche.

19. Sonntag nach Trinitatis.

Unsere liebe Frau Pfarrer rüstet sich zur Abreise. Es ist nun ernstlich beschlossen, daß sie auf längere Zeit zu ihren Kindern gehe. Sie wollen sie am liebsten ganz bei sich haben, doch davon haben wir abgeraten. Es ist besser, sie behält ihr eigenes Heim. Es wurde viel beratschlagt, ob ich mitgehen solle; die Frau Pfarrer ist des Reisens unkundig und kann ihrer zarten Gesundheit wegen nicht viel reisen. Doch einesteils ist die Reise für zwei zu kostspielig, andernteils wäre Charlotte ohne jegliche Hilfe. So soll ich bleiben und hier haushalten, während Frau Pfarrer sich im Laufe dieser Woche auf die Reise begibt. Die gute, liebe Frau, was wird sie in der Fremde erleben?

24. Sonntag nach Trinitatis.

Gerade an demselben Tage, an dem der Vater Hannas gestorben, ist dem jungen Paar ein *kleiner Sohn* geboren worden. Frau Pfarrer schreibt sehr glücklich. Mutter und Kind geht es gut. Möchte dieser Enkel in die Fußstapfen seines Großvaters treten! Frau Pfarrer schreibt weiter, daß ihr Schwiegersohn viel zu tun habe. Er habe in der Eisenbahnkanzlei zu schreiben und sei fast den ganzen Tag in Anspruch genommen. Auch oft die Abende. Sie, die Frau Pfarrer, habe gute Hilfe an der Aufwärterin, aber sie sei so an mich gewöhnt, daß sie schwer ohne mich fertig werden könne, sie werde auch nicht allzu lange bleiben. Nach Weihnachten gedenke sie wieder zu kommen. Charlotte und ich freuen uns auf die liebe Frau, auf den stillen Winter mit ihr. Charlotte hat viel Freunde; im Pfarrhaus verkehrt sie, auch hier und da mit den Eltern der Schülerinnen. Sie fühlt sich glücklich in ihrem Wirkungskreis, und die Schule erweitert sich.

2. Sonntag nach Epiphanias 1871.

Es war ein rechter Freudentag, als Frau Pfarrer wieder bei uns anlangte. Sie setzte sich erschöpft in ihren Lehnstuhl und sagte: »Zu Hause ist es doch am besten.« Sie ist noch schmaler und blasser geworden; ich will mein Möglichstes tun, sie herauszupflegen. Von dem kleinen Enkel spricht sie mit großem Entzücken; aber auch Hanna ist, wie immer, ihre Herzensfreude. »Monsieur« lobt sie, wo sie kann; es müßte auch schon sehr schlimm kommen, wenn Frau Pfarrer etwas Nachteiliges über jemand äußern würde. Glanz und Reichtum scheint bei den jungen Leuten durchaus nicht zu herrschen, vielmehr schildert sie die Verhältnisse als sehr einfach und die Wohnung als beschränkt. Der »reiche Monsieur« hat entweder schon viel durchgebracht, oder er hat erst nach dem Tode des Vaters viel zu erwarten. Ich habe mir das Reichsein anders vorgestellt, hier war immer die Schwiegermutter die Gebende und er der Empfangende. Reich sein macht ja auch nicht das Glück in der Welt aus. Mit Gott und Menschen Frieden haben und den Herrn Jesum im Herzen, das macht glücklich und allezeit fröhlich.

2. Sonntag nach Trinitatis 1871.

Es ist Sommer geworden, und es ist Friede geworden. Die Zeit der Kriegsunruhen und der bangen Sorgen ist vorüber, aber wie es in der Geschichte der Völker Aufruhr, Kriege und böse, schwere Zeiten gibt, so werden auch die einzelnen Familien von Stürmen und schweren Trübsalen heimgesucht. Es liegt ein Druck auf uns, als ob wir auch vor einem großen Sturm stünden, der über uns hereinbrechen soll. Hanna hat wiederholt bei der Mutter kleine Anleihen gemacht, ihre Briefe klingen oft bedrückt, wiewohl sie es zu verbergen sucht. Sie klagt über schlechte Zeiten, geringen Verdienst, und es hieß doch, als vor einigen Monaten die Nachricht von einer Versetzung einlief, es würde nun alles besser werden. »Monsieur« wohnt mit seiner Familie so entfernt, daß wir alle nicht daran denken können, eine Reise dorthin zu machen. Für Frau Pfarrer ist es sehr schmerzlich, von Hanna so weit getrennt zu sein; ich glaube, sie ist mit ihrem Herzen immer dort, wiewohl sie sonst gern an diesem Ort des Friedens weilt.

17. Sonntag nach Trinitatis.

Hanna schreibt immer seltener, oft bleiben die Briefe wochenlang aus. Frau Pfarrer ist sehr bedrückt, Charlotte und ich, wir tun alles, um sie aufzuheitern. Ich habe das Gefühl: es ist bei den jungen Leuten nicht alles, wie es sein soll. Könnte ich einmal hinreisen und nachsehen, ich wollte schon merken, woran es fehlt.

Estomihi 1872.

Schwer wird es mir, das Schreckliche, was geschehen ist, aufzuzeichnen, und doch muß ich meinem gepreßten Herzen Luft machen. Seit Weihnachten fehlten alle Nachrichten von den jungen Leuten. Frau Pfarrer wurde immer unruhiger; sie schrieb, bekam aber keine Antwort. Da, am letzten Mittwoch, bringt der Briefträger einen Brief aus A., doch von fremder Hand geschrieben. Frau Pfarrer dreht ihn in den Händen hin und her und sieht mich so eigen an. »Christine«, sagte sie tonlos, »da ist etwas vorgefallen.« Ich suchte sie zu beruhigen, da erbricht sie den Umschlag und liest. Erdfahl wird das Gesicht, die Hände sinken schlaff herunter und sie bricht zusammen. Ich rieb ihr die Schläfen mit Essenz, während Charlotte nach dem zur Erde gefallenen Brief griff und ihn überflog.

Ein Ausruf des Schreckens folgte. »O mein Gott«, rief sie und rang die Hände. »Hanna und Gustav sind verschwunden, haben sich bei Nacht und Nebel heimlich aus ihrer Wohnung entfernt! Du arme, arme Tante«, schluchzte sie, während sie vor ihr niederkniete und ihr die Wangen streichelte. Ich weinte bitterlich, während Frau Pfarrer, die langsam wieder zu sich gekommen war, starr vor sich hinsah und nur von Zeit zu Zeit seufzte: »Meine Hanna, mein armes, verblendetes Kind!« Da Charlotte bei ihrer Tante war, so lief ich in meiner Herzensangst zum Herrn Pfarrer und bat ihn, mit mir zu kommen: es seien schwere Tage über uns hereingebrochen. Als er ins Zimmer trat, hatte Frau Pfarrer den Brief wieder in der Hand und las abermals das Schreckliche, kaum Faßliche. Sie reichte dem Geistlichen das Schreiben, der es unter vielem Kopfschütteln las. Es enthielt die kurze Nachricht von einem Bekannten des »Monsieur«, daß derselbe, nachdem er sich abends vorher eine namhafte Summe Geld bei ihm geborgt und auf Ehrenwort versprochen, es den folgenden Abend wieder zu bringen, mit seiner Gattin die Wohnung heimlich verlassen habe und daß bis jetzt alle Nachforschungen vergebens seien. Der Schreiber des Briefes erkundigte sich höflich, ob die beiden etwa bei der Mutter Aufenthalt genommen, oder ob dieselbe über den Verbleib derselben etwas wisse; dann bäte er, es unverzüglich zu melden. Frau Pfarrer wußte nichts! Der Geistliche hat sehr ernst mit ihr gesprochen, hat sie dann aber auch aufzurichten und zu trösten versucht. Wir sind alle sehr traurig und tiefgebeugt.

Invocavit.

Trübe und traurig schleichen die Tage dahin. Die Haare der armen Frau Pfarrer sind in einer Nacht gebleicht. Sie geht ruhelos von einem Zimmer ins andere und ringt die Hände und weint. Dann macht sie ihrem schwer gedrückten Herzen Luft durch bittere Worte wie: »Wäre es nach meinem Willen gegangen, Hanna hätte diesen Mann nicht geheiratet. Aber sie hat es erzwungen, ja erzwungen. O mein Gott, ist es denn möglich? Kommt meine Hanna nie wieder?«

Reminiscere.

Gestern war ein arges Schneegestöber. Kaum konnten die Kinder den Schulweg machen; denn der Wind heulte und wehte den Schnee zu Schanzen zusammen. Frau Pfarrer saß im Wohnzimmer und hatte wieder den Unglücksbrief in der Hand, während Charlotte im Schulzimmer mit den Kindern sang: »Ein Lämmlein geht und trägt die Schuld der Welt und ihrer Kinder.« Ich mußte weinen, denn ich gedachte der Zeit, wo Hanna mit ihrer kleinen Schule sang und lernte. Warum mußte alles so kommen? – Um 11 Uhr gingen die Kinder nach Hause, und Charlotte kam zu mir in die Küche. »Wie geht es der Tante heute?« fragte sie. – »Wie alle Tage, sie sitzt und grämt sich.« – »Ich wollte Sie bitten, Christine, morgen von meinem Geburtstag kein Aufhebens zu machen, die Tante wird nicht daran denken, und ich mag in diesen traurigen Tagen auch keine Freude haben.« Sie ging hinüber zur Tante, ich aber hatte schon in der Stille dafür gesorgt, daß Charlotte wenigstens einen Kuchen und einige Blumen bekomme. »Warum soll sie immer leer ausgehen?« sagte ich mir, »sie, die in ihrer Selbstlosigkeit nie an sich denkt.« Wie wird sie gerade morgen das Elternhaus vermissen! Wie gut, daß ich mir am Tage vorher schon Efeu gesammelt hatte, um mit frischen Blumen, die ich von unsern Zimmerpflanzen geschnitten, zusammen einen Kranz zu winden. Am Nachmittag, als ich alles gescheuert hatte, setzte ich mich mit den Blumen und dem Efeu ins Schulzimmer und begann zu winden. Charlotte las der Frau Pfarrer vor; ich hatte nicht zu befürchten, daß sie mich überraschte. Draußen schneite es fort. Der Schnee wirbelte in immer dichteren Flocken herab, und ich dachte eben in Mitleid der Menschen, die in solchem Schneegestöber draußen zu wandern gezwungen seien – da hörte ich fernes Schlittengeläute. Es kam näher. Neugierig, zu wissen, wer in solchem Wetter eine Schlittenfahrt unternehmen konnte, sah ich aus dem Fenster. Es zeigte sich noch nichts. Ich wartete ein wenig. Jetzt wurden die Pferde sichtbar, nun der Schlitten. Gott erbarme sich über die arme Frau, die, in Tüchern verhüllt, darin saß! Der Schlitten hielt vor unserer Tür. Jetzt wurde das große Tuch, das die Gestalt umschloß, zurückgeworfen und das Gesicht aufgedeckt. Ich sah – – unsere Hanna, ihr Söhnlein eingewickelt auf dem Schoß ruhend. Sie machte ein Zeichen mit der Hand nach der Haustür zu. Ich verstand sie. Noch ehe sie einen Versuch gemacht, vom Schlitten zu steigen, war ich draußen. Sie reichte mir das Kind; ich, einer augenblicklichen Eingebung folgend, öffnete die Wohnstubentür, ging mit dem Kleinen hinein und legte ihn der Frau Pfarrer auf den Schoß mit den Worten: »Hier haben Sie Ihr Enkelkind, Hanna kommt gleich.« – »Mütterchen, da bin ich«, rief eine Stimme, die wohl dem Weinen näher war als dem Lachen. Aber Hanna bezwang sich: ja sie wußte sich so zu beherrschen, daß sie lachend dem Schreckensruf ihrer Mutter: »Ihr armen, unglücklichen Kinder, was habt ihr getan?« entgegnen konnte: »Was sorgst du dich denn, Mama? Ich begreife es gar nicht, wir sind bei Gustavs Eltern gewesen, weiter ist es gar nichts.« Und die Mutter, glücklich, ihr Kind wieder zu haben, küßte und streichelte sie und rief: »Gott sei Dank, daß ich dich wieder habe, meine Hanna; es ist mir, als sei ich aus schwerem Traum erwacht. Aber wie kommst du in diesem Wetter hier an? Du bist so kalt, siehst zu Tode erschöpft aus; mußte denn die Reise heute sein? Christine, schnell eine Tasse Tee!«

Charlotte hatte Frau Pfarrer den Kleinen abgenommen, der mit klugen Augen um sich schaute, dann aber das Köpfchen wegsteckte und zu weinen begann. »Gib ihn mir nur«, sagte Hanna, »er ist nicht an Fremde gewöhnt. Sei still, mein Hänschen, du bist ja bei der lieben Großmama in der warmen Stube! Hier ist es schöner, als draußen in dem kalten Schnee!« – »Mußte denn die Reise heute sein?« fragte Charlotte noch einmal. – »Ja, es mußte sein«, antwortete Hanna dumpf. »Ich bin schon gestern abgereist, bin die Nacht durch gefahren mit der Eisenbahn und konnte an der Endstation, wo ich den Schlitten nahm, nicht wissen, daß es so bös sein würde.«

Ich brachte den Tee und fragte, ob kein Gepäck mitgekommen sei? Hanna wurde blutrot und sagte, draußen müsse noch ein Kasten stehen, darin sei etwas für den Kleinen. Ein Zigarrenkästchen stand allerdings draußen, darin lag ein Nachthemdchen, einige Lätzchen und ein paar Windeln; das war alles! Mir wollte das Herz zerspringen vor Herzeleid und Weh, denn Hanna mußte etwas sehr Schweres durchgemacht haben, das stand auf ihrem Gesicht geschrieben. Ihre große Selbstbeherrschung der Mutter gegenüber verbarg dieser den wahren Sachverhalt. Ich ging in mein Giebelstübchen, es standen zwei Betten darin, das eine überzog ich frisch, wärmte es und holte den großen viereckigen Waschkorb, setzte ihn auf zwei Stühle und füllte ihn mit Betten. Dann, nachdem ich Feuer in den Ofen gelegt, ging ich hinunter, um eine kräftige, warme Suppe zum Abendbrot zu bereiten. Als ich sie auftrug, sah Hanna verlangend danach. Sie hustete einigemal recht hohl und die Wangen waren eingefallen. Der Kleine hatte das Scheue verloren und war auf Charlottes Schoß ganz munter geworden. Als ich die Lampe brachte, krähte er laut vor Freude und steckte die Ärmchen nach mir aus. Ich nahm ihn, herzte und küßte ihn; das unschuldig lächelnde Kind ahnte nicht, welch trauriges Los seiner wartete. – »Christine«, sagte Frau Pfarrer nach Tisch, »wir möchten für Hanna und den Kleinen ein Lager in meinem Schlafzimmer herrichten.«

»Zürnen Sie mir nicht, Frau Pfarrer, ich habe mein Stübchen für die beiden in Ordnung gebracht. Sie bedürfen der Ruhe, Hanna ist müde und abgespannt, das Stübchen ist still und abgelegen, dort stört das Kind nur mich, und ich kann's vertragen.«

»Gott lohne dir deine Treue!« sagte Frau Pfarrerin, Hanna aber sah mit einem dankbaren Blick zu mir auf. Ich fühlte, es war für Hanna eine Erlösung, diese Selbstbeherrschung, welche sie in Gegenwart der Mutter zeigte, abzulegen. Sie sagte, sie sei sehr müde und wolle, wenn sie den Kleinen zu Bett gebracht, sich selbst legen. Frau Pfarrer, die ebenfalls sehr erschöpft war, ging früh zur Ruhe, Charlotte begab sich in ihr Stübchen, um zu arbeiten, und ich ging ins Schulzimmer, um den angefangenen Kranz zu vollenden. Was lag zwischen dieses Kranzes Anfang und Ende! Mein Herz war stürmisch bewegt, die Gedanken gingen ruhelos hin und her. Eines aber stand fest bei mir, ich mußte von Hanna die ganze Wahrheit erfahren, nur im Bekennen des Erlebten konnte das arme Herz zur Ruhe kommen.

»Christine, ich will Ihnen ein wenig helfen bei dem armen Kranz«, sagte eine Stimme, und Charlottes Kopf guckte zur Tür herein. »Gesehen habe ich die Blumen nun doch, mehr als einmal, immer wenn ich durchs Schulzimmer mußte; ich will sie Ihnen zureichen, Sie können winden.« – »Arme Charlotte, Sie kommen immer zu kurz, immer, wenn man Ihnen etwas zugute tun will, so wird es vereitelt. Der morgende Tag wird ...« – »Wohl ein trauriger werden«, vollendete Charlotte. »Christine, Sie werden wie ich denken, daß Hanna etwas zu verbergen hat. Die gute Tante ahnt nichts: sie ist nur glücklich, daß sie ihr Kind unter ihrem Dach hat.« Wir sprachen nun lange ernst zusammen, bis der Kranz fertig war. Dann begaben auch wir uns zur Ruhe nach dem aufregenden Tage.

Oculi.

Am nächsten Morgen vor der Kirche kamen die Schulkinder mit Blumen und kleinen Angebinden und begrüßten Charlotte mit Gesang. Als Hanna, die schon zum Kaffee herunter gekommen war, das hörte, rollten ihr langsam die Tränen über die Wangen. Sie sagte, sie müsse nach ihrem Kinde sehen und verließ das Zimmer. Später gingen wir alle zur Kirche bis auf Hanna, die bei ihrem Kleinen blieb. Als wir nach der Predigt anstimmten: »Christe, Du Lamm Gottes, der Du trägst die Sünden der Welt!« hörte ich ein leises Schluchzen. Ich sah mich um und gewahrte ganz in der Ecke hinter dem letzten Pfeiler eine knieende Gestalt. Es war Hanna, die in tiefster Verborgenheit dort betete; ein dichter Schleier verdeckte ihr Gesicht, da sie unerkannt bleiben wollte. Sie verließ auch deshalb das Gotteshaus, bevor der Segen gesprochen war, und als wir nach Hause kamen, trat sie uns mit dem Kinde auf dem Arm lächelnd entgegen, erzählte uns, daß es wunderschön geschlafen habe und eben erst aufgewacht sei. Dann sprach sie mit ihrer Mutter von gleichgültigen Sachen, und wenn die Mutter ängstlich fragte, was eigentlich aus Gustav werde, so sagte sie unbefangen: er werde nächstens eine neue Stelle bekommen, und dann sei alles wie vordem, die Mutter sollte sich nur ja nicht sorgen. Frau Pfarrer hatte darauf gedrungen, daß Charlottes Freundinnen, die sich zum Abend angemeldet hatten, nicht abbestellt wurden. »Hanna, du kennst sie ja auch«, meinte sie, »du wirst dich freuen, sie wieder zu sehen?« – »Mutter, laß mich nach oben gehen, ich bin so müde«, sagte sie bittend. Ich hatte viel zu tun und kam erst spät in unser Stübchen, holte aber doch mein Buch und machte, wie immer Sonntags, meine Aufzeichnungen. Da hörte ich von dem Bett her leises, unterdrücktes Schluchzen. Nun hielt ich es nicht länger aus. Ich ging auf das Bett zu, faßte Hannas Hand und sagte: »Liebste Hanna, als du klein warst, sagtest du mir alles. Kannst du mir, deiner alten Christine, denn kein Vertrauen schenken, willst du mir nicht dein Herz ausschütten?«

Da richtete sie sich plötzlich auf und mit heftiger Leidenschaft schlang sie die Arme um meinen Hals und rief: »Ich will dir alles sagen, ich halte es nicht mehr aus, es erdrückt mich sonst. Liebe, gute Christine, daß es nur die Mutter nicht erfährt! Sie darf sich nicht grämen!« Sie brach in ein heftiges Weinen aus; es war, als löste sich mit dem Tränenstrom der Druck, der auf ihrem Herzen gelegen, und nun begann sie mir in Absätzen folgendes zu erzählen: »Wir haben bedeutend mehr gebraucht, als wir einnahmen. Erst machten wir kleine Schulden, dann immer größere. Die Leute kamen und wollten Geld haben, und als wir es nicht geben konnten, verklagten sie uns. Unsere Sachen wurden mit Beschlag belegt, und es wurde uns gedroht, daß sie weggeholt würden, wenn wir nicht bezahlten. Die Not wurde aber immer größer, borgen wollte uns niemand mehr, und die Gläubiger verlangten immer dringender nach ihrem Gelde. Da wurde uns angekündigt, daß am folgenden Tage unsere sämtlichen Sachen abgeholt und verkauft würden, wenn wir das Geld nicht bis dahin herbeischafften. Es war furchtbar. So entschlossen wir uns denn, alles im Stich zu lassen und mit dem Nachtzug nach Amsterdam zu fahren. Mein Mann borgte sich das Reisegeld von einem Freund.« – »So sind alle Sachen fort, die Möbel, das Silberzeug, das Leinenzeug, alles, was mit so großen Opfern angeschafft worden?« unterbrach ich sie angstvoll. – »Alles, nur was ich anhabe und was der Kleine trägt, ist gerettet.« – »Gott, erbarme Dich«, seufzte ich innerlich und sah auf den Zigarrenkasten mit Inhalt, das einzige Überbleibsel aus dem Ruin.

Hanna weinte wieder still vor sich hin und sagte: »Das ist noch lange nicht das Schlimmste. Das Entsetzlichste ist, daß ich von meinen Schwiegereltern verstoßen bin. Sie haben mir verboten, je wieder die Schwelle ihres Hauses zu betreten.« Ich sah sie an, als ob ich sie nicht verstünde. »Ich habe mich als die Schuldige angegeben. Gustav fürchtete den Zorn des Vaters, da habe ich mich demselben zu Füßen geworfen und ihn angefleht, er solle es meinem Mann nicht entgelten lassen, ich habe durch schlechtes wirtschaften den Ruin herbeigeführt. Da stampfte der Mann mit dem Fuß und rief: ich solle mich von dannen heben und ihm nicht wieder unter die Augen kommen, ich solle dahin zurückkehren, woher ich gekommen. Da hab' ich mein Kind genommen und bin aus dem Hause gegangen, so schnell mich meine Füße zu tragen vermochten.« – »Und das hat dein Mann zugegeben, hat es ruhig mit angesehen, daß du alle Schuld auf dich genommen?« – »Er wird es wohl dem Vater nachher gesagt haben, daß er auch nicht ohne Schuld ist. Er kam mir nach auf den Bahnhof und gab mir das Reisegeld hierher. Die Mutter schickte es mir. Wohl«, fügte Hanna bitter hinzu, »damit sie mich auch je eher je lieber los würde. Gustav sagte mir noch, daß der Vater so aufgebracht sei, komme daher, weil er bedeutende Verluste gehabt. Er stehe auf dem Punkt, Bankrott zu machen.« Hanna schwieg erschöpft. Ich aber wußte nun, daß aus dem selbstsüchtigen Mädchen eine selbstlose, sich aufopfernde Frau geworden war. »Was wird aus deinem Mann, was wird aus dir und dem Kinde, welche Zukunftspläne habt ihr?«

»Frage mich nichts!« erwiderte das arme, unglückliche Weib, »ich weiß es nicht. Wir haben kein Geld, keine Sachen, keine Stelle; der ärmste Taglöhner ist reich gegen uns. O, es ist furchtbar! Es hat kein Segen auf uns geruht. Und daran bin ich schuld. Von dem Tage an, da ich Gustav gesehen, habe ich meinen Heiland vergessen. Er, der die erste Stelle in meinem Herzen einnehmen sollte, ist verdrängt worden durch den Mann, den ich liebte. Ich habe nicht mehr mit Andacht in der Bibel gelesen, habe es nach und nach vergessen. Darum kommt nun Gott mit Seiner Strafe, die ich wohl verdient habe. Es tut mir leid, daß ich wider Gottes Gebote gesündigt habe, ach so leid, Christine!«

So hatte ich Hanna nie gesehen. Ihr Wille war gebrochen; ihr Herz war durch die Not zum Herrn geführt, den sie in den Tagen des Glücks vergessen. Sie weinte still vor sich hin, ich strich ihr sanft mit der Hand über das Haupt und sagte ihr tröstende Worte, bis sie endlich ermattet einschlief. Ich war zu aufgeregt, um schlafen zu können, ich habe mein Buch genommen und alles hineingeschrieben; aber oft mußte ich die Feder aus der Hand legen und seufzen und weinen. Die Zukunft liegt sehr dunkel vor uns. Was soll aus der armen, unglücklichen Familie werden? Und wie soll das Schreckliche der ahnungslosen Mutter beigebracht werden? Doch mein Kopf ist zu müde zum Denken, für heute sei's genug mit dem Schreiben, sonst bin ich morgen untauglich zur Arbeit, die meiner wartet.

Lätare.

Nun ist der Mutter allmählich die Wahrheit beigebracht. Sie ringt die Hände und vermag es nicht zu fassen, daß alles, was sie so mühsam zur Aussteuer zusammengebracht, verloren ist. Daß Hanna es durch schlechtes Wirtschaften durchgebracht, glauben wir alle nicht. Sie hat gewiß auch ihr Teil Schuld, aber dieser »Monsieur« sollte sich schämen, daß er es ruhig ansieht, wie die arme Frau sich für ihn schuldig gibt. Heute ist ein Brief gekommen voller Liebe und Sehnsucht nach Hanna. Das Ende vom Lied ist, daß seine Eltern darauf dringen, er solle sich wieder einen Beruf suchen, sie wollen ihn nicht länger im Hause haben. Zur Schwiegermutter zu kommen, scheut er sich, so schlägt er Hanna vor, mit ihm in die Großstadt zu ziehen, welche H. am nächsten liegt. Dort fände er am ehesten Beschäftigung. »Aber Kinder«, sagte Charlotte, als Hanna dies aus dem Brief mitteilte, »ihr habt ja keine Sachen, ihr könnt doch nicht in die leeren Räume einziehen?« Da sah Hanna ihre Mutter mit einem schmerzlich bittenden Blick an, legte die Hand auf ihren Arm und sagte: »Mutter, dann müßtest du mit deinen Sachen zu uns ziehen und bei uns wohnen; anders würde es ja nicht gehen.« – »Daß die arme Tante auch um Hab und Gut kommt«, fuhr es Charlotte heraus. – Hanna sah sie mit einem wehmütigen Blick an. »Weißt du einen andern Rat?« sagte sie gedrückt. – Charlotte schwieg. Endlich sagte sie mit gepreßter Stimme: »Es wird wohl nichts anderes übrig bleiben.«

Frau Pfarrer saß die ganze Zeit über stumm, die Hände vors Gesicht gepreßt. Endlich sah sie auf. »Wieder umziehen«, sagte sie traurig, »und alles, was mir lieb ist, preisgeben?« – »Es soll ja alles dein bleiben, liebe Mutter. Du erlaubst uns, daß wir deine Möbel mitbenutzen.« – »Und wovon gedenkt ihr zu leben?« – »Gustav wird bald eine neue Stelle bekommen.« Immer wieder der alte Satz: »Gustav wird bald eine neue Stelle bekommen.« Und wunderbarerweise bekam er auch vermöge seines einschmeichelnden Wesens, seines klugen Redens und verschiedener Zeugnisse, die er immer bei sich führte, stets wieder irgendeine Anstellung, aber es währte stets nur kurze Zeit, dann war er wieder brotlos. Ein elendes Leben fürwahr! Und das war der gepriesene, reiche und kluge Monsieur de Pierre!

»Können denn die Eltern gar nichts tun?« fragte Charlotte. – »Sie haben früher schon viel gegeben, der Vater hat jede fernere Hilfe verweigert. Und überdies«, fügte Hanna stockend hinzu, »scheint es mit dem Schwiegervater auch nicht gut zu stehen. Der Fall mehrerer bedeutender Handlungshäuser hat ihn auch ruiniert.« So stehen die Sachen. Über kurz oder lang wird »Monsieur« seine Ankunft in der

Großstadt melden, und dann ist für Frau Pfarrer die Zeit da, daß sie ihr Zelt hier abbricht, um ihren Kindern das Heim ein zweitesmal zu bauen. Alle gehen gedrückt und still einher, nur Hänschen jauchzt und ist fröhlich und guter Dinge. Seine kleine Seele ahnt nichts von dem traurigen Los seiner Eltern; er weiß nicht, daß er einen leichtsinnigen Vater und eine vom Kummer tiefgebeugte Mutter hat.

Judica.

Frau Pfarrer rief mich gestern, als Hanna oben beim Kleinen beschäftigt war, und sagte: »Meine liebe, treue Christine, nun liegt mir noch das Schwerste ob. Dich können wir nicht mitnehmen, wir können uns hinfort keine Stütze halten, sondern wollen alles selbst tun; ich hatte immer gehofft, dich bei mir behalten zu können, aber unsere Verhältnisse sind derart, daß wir uns aufs äußerste einschränken müssen.« – »Dann müssen wir uns vorderhand trennen«, entgegnete ich traurig, setzte aber hinzu, daß ich mit in die Stadt gehen würde und alles einrichten, dann aber suchen wolle, an demselben Ort möglichst in ihrer Nähe eine andere Stelle zu finden. Frau Pfarrer schluchzte laut. »Christine, von dir mich zu trennen, scheint mir unmöglich. Wir haben Freude und Leid zusammen getragen, mehr denn zwanzig Jahre!« Ich tröstete meine Frau und sagte, daß wieder glückliche Tage kommen würden und daß sie ihre Augen aufheben sollte zu den Bergen, von denen die Hilfe kommt. Dann trat Hanna mit dem Kleinen an. Ich aber ging hinauf in mein Stübchen und weinte bitterlich.

Palmarum.

Charlotte ist wirklich edel und gut. Sie hat heimlich, ohne daß es jemand wußte, an die reichen Verwandten des sel. Herrn Pfarrers geschrieben, hat ihnen die Not vorgestellt, hat wahrscheinlich Hannas jetzigen Gesundheitszustand geschildert und sie gebeten, sich zu erbarmen. Sie haben sofort eine namhafte Summe Geldes geschickt. Nun ist wenigstens für den Umzug gesorgt, und es ist für die ersten Wochen Geld da. Dann muß der Mann sorgen. Mir aber schenkte Gott der Herr eine Stelle in der Nähe, damit ich zur Hand sein kann, wenn es not tut!

Misericordias domini.

Wieder zogen wir durch die stille Heide der Hauptstadt zu. Nur vier Jahre waren verflossen, als Hanna frisch und blühend mir gegenüber saß und hoffnungsvoll in die Zukunft schaute. Nun lehnte in der Ecke des Wagens ein blasses, hohlwangiges Weib, das des Lebens Bitterkeit erfahren. Sie hatte ihres Heilands Hand verlassen und war vom rechten Wege abgeirrt. Nun sah sie, daß sie ohne den treuen Hirten verderben müsse; darum kehrte sie wieder um zu Seiner Herde, und der gute Hirte hörte die schwache Stimme Seines armen verirrten Lammes und kam, es zu suchen.

Der liebliche Ort, der eine so schöne Friedensstätte für uns hätte sein können, lag hinter uns, die Großstadt mit ihrem Lärm und Getöse vor uns. Am Bahnhof wartete »Monsieur«. Er hatte eine Droschke gemietet, in welche wir stiegen, um die sehr fern liegende Straße, in welcher er eine Wohnung gemietet hatte, zu erreichen. Er war verlegen, als er seine Schwiegermutter begrüßte. Diese, die wohl Grund hatte, ihm zu zürnen, sagte nur in ihrer sanften Weise: »Ihr habt schlecht hausgehalten, Gustav, das muß anders werden.« – »Ja gewiß, liebe Mutter«, war die Antwort. Dann wußte er sie durch liebenswürdige, gewandte Redensarten so zu fesseln, daß die gute Frau Mutter, wie immer ihm gegenüber, auf den Mund geschlagen war. Die Wohnung lag im vierten Stockwerk in einer langen Straße. Hanna mußte oft ausruhen und husten, bis sie oben war, dann sank sie erschöpft in einen Lehnstuhl. Es war ein Stuhl, in welchem der sel. Pfarrer besonders gern gesessen. Alle Möbel heimelten uns an, daher kam es auch wohl, daß Frau Pfarrer sich hier schneller einlebte als anderswo, wiewohl die Räume sehr eng und beschränkt waren. Wie gut, daß Geld von den Verwandten da war, Gustav hatte bis jetzt keine Stelle. Erst zu Ende des Monats würde er, wie er sagte, Arbeit bekommen in dem Kontor eines reichen Kaufmanns. Die Anstellung an der Post hatte er nun aufgegeben, wohl auch nie gehabt; es war alles Schwindel gewesen. Daß er es zu irgendeinem Examen in irgendwelchem Fache gebracht, glaube ich nimmer. Er hatte die Schule durchgemacht und dann, denke ich mir, hatte das Bummeln seinen Anfang genommen. Hanna, das arglose Mädchen, und die noch arglosere Mutter hatten sich von ihm täuschen lassen. Meine hellen Augen waren ihm stets ein Dorn im Auge gewesen. Doch sie sollten ihn ferner beobachten, wenn er es auch nicht meinte. Ich hatte innerlich zu Gott geseufzt, Er möchte mich eine Stelle in der Nähe meiner Lieben finden lassen, und Gott erhörte mein Gebet schneller als ich gedacht. Im zweiten Stockwerk desselben Hauses wohnte eine Frau von Z., deren Wirtschafterin erkrankt war. Ich konnte in ihre Stelle eintreten, und nebenbei erlaubte mir die gnädige Frau, welcher ich mit kurzen Worten einiges von den Schicksalen der Frau Pfarrer mitgeteilt, abends eine Stunde oben helfen zu dürfen. So bin ich entschlossen, der jungen Frau die schwerste Arbeit abzunehmen, habe ihr heute einen schweren Korb, mit dem sie die Treppe hinauf wollte, abgenommen und ihn für sie nach oben getragen. So will ich ihre drückende Lage, so viel in meinen Kräften steht, erleichtern und ihr helfen, wo ich kann.

Cantate.

Hohe Häuser umgeben uns ringsum. Nur von einem Fenster aus sehe ich die grüne Spitze eines Baumes über eine hohe Mauer grüßen, daran merke ich, daß es Frühling ist. Wenn man grüne Felder und blühende Sträucher sehen will, muß man weite Wege machen. Frau Pfarrer und Hanna bleiben lieber daheim, das weite Gehen greift sie beide an. Ich war eben bei ihnen. Beide saßen am offenen Fenster und schauten trübe auf die Straße, in der geputzte Leute hin und her gingen. »Monsieur« ist, wie immer, in die Stadt gegangen, um sich mit seinen Freunden die Zeit zu vertreiben. Er gewinnt überall Freunde, die willig von ihm angebotene Zigarren rauchen und sich von ihm Bier vorsetzen lassen. Ihm sitzt das Geld so lose, er gibt es leicht weg am unrechten Ort; nur wenn die Seinen zu notwendigen Ausgaben etwas haben wollen, hat er nichts. Das Geld von den Verwandten naht sich seinem Ende, die arme Frau Pfarrer muß dann das Wenige, was sie selbst hat, mit Hanna und ihrem Kinde teilen. Dabei ist »Monsieur« immer oben auf, redet von bedeutenden Stellen, die er in Aussicht hat, während Hanna und ihre Mutter schweigen und recht aussichtslos in die Zukunft blicken. Ich arbeite jeden Abend von halb neun an bei ihnen und nehme der jungen Frau die schwerste Arbeit ab. Sie ist immer still und geduldig, keine Klage kommt über ihre Lippen, kein Vorwurf trifft den Mann, der so wenig für sie sorgt. Auch ihr Verhalten gegen die Mutter ist ein ganz anderes geworden. Seit sie täglich aus den lauteren Quellen des Wortes Gottes schöpft, ist eine heilsame Veränderung mit ihr vorgegangen.

Dein Wort, o Herr, laß täglich sein
Die Leuchte unsrer Füße,

Erhalt' es bei uns klar und rein,
Hilf, daß wir draus genießen
Kraft, Rat und Trost in aller Not,
Daß wir im Leben und im Tod
Beständig darauf bauen!

3. Sonntag nach Trinitatis.

Gestern hat unsere Hanna einem zweiten Söhnlein das Leben gegeben und ist bald darauf schwer erkrankt. Es herrscht große Aufregung und Verwirrung oben. Die Mutter ist ganz ratlos und möchte Charlotte zum Beistand. »Monsieur« scheint auch besorgt, ist aber entschieden dagegen, das Bäschen kommen zu lassen. Frau v. Z., eine sehr gütige Dame, will mich freigeben und sich nach einer andern Stütze umsehen. Natürlich ist mein Platz bei meiner alten Herrschaft.

4. Sonntag nach Trinitatis.

Am Freitag hat der Herr unsere Hanna heimgeholt. Die Mutter ist ruhig und gefaßt, sie weiß ihr Kind entnommen allem irdischen Leid; sie ahnt wohl, daß, wenn Hanna am Leben geblieben wäre, viel Not und unabsehbares Elend ihr Teil gewesen wäre. Dem armen, jungen Weibe ist sehr viel zugemutet worden im letzten Jahr, aber ihre Seele ist durch die Trübsal bewährt worden zur Seligkeit. Dafür dankt die Mutter Gott. – Nun liegt unser Kind, unsere frische, lebensfrohe Hanna auf der Bahre. Einen Kranz von weißen Rosen hält sie in der Hand, die unverwelkliche Krone des ewigen Lebens wird ihr Gott aus Gnaden geben.

Charlotte, die treue, gute Seele ist gekommen. Sie wollte heimreisen, um die Sommerferien bei den Eltern zu verleben, da traf sie die Trauerbotschaft, wie sie beim Kofferpacken war. Sie hat alles liegen und stehen lassen, um der

Tante zum Trost hierher zu eilen. Morgen ist das Begräbnis. Wäre nur alles schon vorüber!

5. Sonntag nach Trinitatis.

»Monsieur« ist außer sich in seinem Schmerz, doch ich glaube, er wird es bald überwunden haben: er ist zu leichtsinnig, als daß ein tieferer Eindruck haften bleiben könnte. Das kleine Knäblein, das am Sarge der Mutter getauft wurde, war so schwach, daß es derselben bereits gefolgt ist in die ewige Heimat. Der kleine Hans ist kräftig und munter, er weiß nicht, was er verloren hat. Frau Pfarrer möchte gern den kleinen Enkel behalten, aber mit dem Schwiegersohn will sie nicht zusammen bleiben. Alle raten davon ab. »Monsieur«, der gern die Schwiegermutter noch mehr ausgenützt hätte, ist ärgerlich, daß sie mit ihren Sachen an einen andern Ort ziehen will, und hat sich plötzlich entschlossen, zu seinen Eltern zu reisen und den Kleinen mitzunehmen. Will er durch den Anblick des Kindes die Eltern noch einmal erweichen, daß sie ihm Obdach gewähren, bis er abermals eine Stelle hat? Was wird aus meiner armen, schwergeprüften Frau und mir?

Im Sommer 1874.

Zwei Jahre sind wieder dahin. Die letzte Frage in meinem Tagebuch hat der Herr gnädig gelöst. Wir sind beide wieder an dem Ort angekommen, in dem Frau Pfarrer ihr erstes und einziges Ehejahr so glücklich verlebte. In dem Städtchen gibt es ein Stift, in dem alte Frauen und Jungfrauen unbescholtenen Rufes unentgeltliche Aufnahme finden. Die Vorsteherin des Stiftes war gestorben, und nun ist meine liebe Frau Pfarrer als neue Vorsteherin berufen. Sie hat eine hübsche Wohnung und einen niedlichen, kleinen Garten dort, und genießt außerdem manches Gute, was sie sich als alleinstehende, arme Witwe nicht hätte leisten können. Ich habe, als alte Jungfer, auch ein Plätzchen im Stift bekommen einesteils, weil ich 25 Jahre in einer Stellung gewesen, andernteils, weil ich aus dem Ort selbst stamme und Eingesessene immer den Vorzug haben. Als wir wieder unsern Einzug im Städtchen hielten, waren wir beide tief bewegt. Doch ich durfte mich nicht lange meinen Gefühlen hingeben. Arbeit gab es in Menge. Es galt, meiner Herrin ihr letztes Heim gemütlich und freundlich einzurichten. Wie glücklich war ich, bei ihr bleiben zu können, ihr nach wie vor zu dienen, wie ich es dem Herrn Pfarrer versprochen. Frau Pfarrer half beim Einrichten, dann aber, gegen Abend, als ich sie noch etwas fragen wollte, war sie verschwunden. Ich ahnte, wo ich sie finden würde. Als ich mit meiner Arbeit ziemlich fertig war, ging ich durch den Stiftsgarten, an den Scheunen vorbei, zum Gottesacker. Ich fand die Tür angelehnt und betrat denselben. Es war still und menschenleer. An einem der Hügel, der ein hohes, schwarzes, mit Efeu umranktes Kreuz zeigte, kniete meine liebe Herrin. Sie hatte das Kreuz mit den Händen umschlungen und schluchzte leise. Dort, in der fremden Stadt, hatte sie ein Grab zurückgelassen, hier fand sie eins wieder. Sie hatte alles verloren, was ihr auf der Erde teuer war, und das einzige Vermächtnis ihrer Tochter, das hatte der Mann, der so viel Weh über sie gebracht, mitgenommen in die Fremde. Alle Bitten, das Kind ihr zurückzugeben, waren vergebens. Er war mit dem Kleinen über das Meer gegangen in einen fernen Weltteil. – Ich berührte meiner Frau Schulter und zeigte auf die Worte am Kreuz: »Was Ich tue, das weißt du jetzt nicht, du wirst es aber hernach erfahren.« Da rief sie in bitterem Schmerz: »Christine, wäre ich meinem Kinde nicht eine so schwache Mutter gewesen, es wäre alles anders, ganz anders gekommen.« Ich schwieg bei diesem ihrem demütigen Zugeständnis ihrer

Schwäche, bat sie aber dann, sich wie sonst an Gottes Barmherzigkeit und Treue zu halten, und ihn zu preisen, der alles wohlgemacht.

Da ertönte das Abendläuten vom fernen Kirchlein. Wir falteten die Hände, und Frau Pfarrer betete laut: »Christe, Du Lamm Gottes, der Du trägst die Sünde der Welt, erbarme Dich unser; Christe, Du Lamm Gottes, der Du trägst die Sünde der Welt, gib uns deinen Frieden!«

Frieden hat die liebe Frau. Sie wird geliebt und verehrt von allen Insassen des Stifts. Sie tragen sie auf den Händen; es ist ein Wetteifer, wer ihr am meisten Handreichung tut. Ich bin und bleibe aber ihre erste Dienerin, und ich sage es jetzt, da ich im Dienste alt und grau geworden bin, aus eigener Erfahrung, was damals mein seliger Vater zu mir sprach: »Das Dienen ist ein köstlicher und lieblicher Stand, wenn man's treu damit nimmt.« Je länger bei einer Herrschaft, desto mehr wächst man zusammen mit derselben in Freude und Leid, desto mehr wird man ein Glied des Hauses und wird geliebt und geachtet. Und so will ich dienen bis an mein Lebensende, und wenn der Herr mir aus Gnaden Seine Himmelstür auftut, so will ich Ihm dienen mit Freuden und vor Sein Angesicht kommen mit Frohlocken. Und würdigt Er mich einst, die goldenen Gefäße des Himmelreichs zu waschen, so will ich es tun und dabei lobsingen und preisen Ihn, der da ist und bleibt unser Meister von nun an bis in Ewigkeit. Amen!

In der Reihe H (»Heimatlicht«) in der Edition C sind erschienen:

Helene Hübener, REICH IN GOTT
Edition C, Nr. H 1, 248 Seiten

Helene Hübener, MARIA UND LISA
Edition C, Nr. H 2, 256 Seiten

Helene Hübener, VERSCHLUNGENE WEGE
Edition C, Nr. H 3, 224 Seiten

Helene Hübener, ES MUSS DOCH FRÜHLING WERDEN
Edition C, Nr. H 4, 336 Seiten

Helene Hübener, DREI FREUNDINNEN
Edition C, Nr. H 5, 160 Seiten

Helene Hübener, UNTER EINEM DACH
Edition C, Nr. H 6, 224 Seiten

Helene Hübener, AUS DEM LEBEN EINER WAISE
Edition C, Nr. H 7, 248 Seiten

Helene Hübener, IM ROSENHAUS
Edition C, Nr. H 8, 208 Seiten

Charlotte Woerner, VRENELIS GOLDENES HÄMMERLEIN
Edition C, Nr. H 9, 136 Seiten

Charlotte Woerner, GEISSEN-KASPARS GROSSES ERLEBNIS
Edition C, Nr. H 10, 80 Seiten

Charlotte Woerner, GEISSEN-KASPARS NEUE HEIMAT
Edition C, Nr. H 11, 200 Seiten

Rosa Sauer, DER SCHATZ IM ACKER
Edition C, Nr. H 12, 160 Seiten

Bertha Schmidt-Eller, HAUS GUDELIUS
Edition C, Nr. H 13, 184 Seiten

Käthe Dorn, DAS WEISSE KLEID
Edition C, Nr. H 14, 64 Seiten

Margarete Lenk, DES WALDBAUERN FRIEDEL
Edition C, Nr. H 15, 120 Seiten

Kristina Roy, OHNE GOTT IN DER WELT
Edition C, Nr. H 16, 64 Seiten

Helene Hübener, GROSSMÜTTERCHEN
Edition C, Nr. H 17, 280 Seiten

Wilhelm Jörn, ANNEGRET STELLT DAS HAUS AUF DEN KOPF
Edition C, Nr. H 18, 112 Seiten

Helene Hübener, TANTE HEDWIG
Edition C, Nr. H 19, 272 Seiten

Käthe Dorn, DIE SCHÖNSTEN HÄNDE
Edition C, Nr. H 20, 64 Seiten

Kristina Roy, IM SONNENLAND
Edition C, Nr. H 21, 128 Seiten

Helene Hübener, DIE SILBERNE KETTE
Edition C, Nr. H 22, 292 Seiten

Kristina Roy, DREI KAMERADEN
Edition C, Nr. H 23, 120 Seiten

Margarethe von Oertzen, IN FRIEDEN
Edition C, Nr. H 24, 172 Seiten

Bertha Schmidt-Eller, HORST WESTERMANNS SENDUNG
Edition C, Nr. H 25, 160 Seiten

Helene Hübener, OLGA UND IHRE SCHWESTERN
Edition C, Nr. H 26, 296 Seiten

Kristina Roy, DER KNECHT
Edition C, Nr. H 27, 128 Seiten

Kristina Roy, GLÜCKLICHE MENSCHEN
Edition C, Nr. H 28, 64 Seiten

Helene, Hübener, DIE NACHBARN
Edition C, Nr. H 29, 308 Seiten

Helene Hübener, NUR TREU
Edition C, Nr. H 30, 172 Seiten

F. A. Hoffmann, WENN WIEDER WEIHNACHTSROSEN BLÜHEN
Edition C, Nr. H 31, 112 Seiten

Charlotte Woerner, SPUREN IM AUSTRALISCHEN BUSCH
Edition C, Nr. H 32, 128 Seiten

Weitere Titel in Vorbereitung